이해력이 쑥쑥

교과서 고사성어
사자성어
100

어휘력 점프 2

이해력이 쑥쑥

교과서 고사성어 사자성어

100

글 **김성준** | 그림 **이예숙**

아주 좋은 날

고사성어 · 사자성어의
1인자가 되고 싶다고?

"한 번 도전해 봐. 어렵지 않아!"

설상가상, 막상막하, 애지중지!

어디서 많이 들어 본 말인데 정확히 무슨 뜻인지 모르겠다고?

잘 모르겠다거나 어렵다고 생각하는 건 아주 당연한 일이야.

고사성어, 사자성어는 한자로 이루어진 말이어서 어른들도 헷갈릴 때가 가끔 있어. 그러니까 우리 친구들처럼 처음 듣는다거나 책에서 몇 번 본 게 전부라면 알쏭달쏭한 게 당연해.

그런데 알고 보면 어렵기만 한 것은 아니야. 고사성어, 사자성어가 만들어지게 된 뒷이야기가 있어서 재미도 있고 교훈도 있거든. 그러니까 어렵다고 피하기만 할 게 아니라 '무슨 뜻인지 한 번 알아볼까?'라고 생각하면 좋겠어.

고사성어는 비유적이고 함축적인 표현으로 되어 있는 경우

4

가 많아서 한자의 뜻만 가지고는 그 의미를 파악하기가 어려워. 많은 예문과 상황 글을 읽어 봐야 하는 이유가 바로 여기에 있어.

책장을 열면 고사성어나 사자성어가 보이고 한자의 뜻과 음도 확인할 수 있어. 이제 막 한자 공부를 시작한 친구라면 써 보는 것도 좋아.

그 다음의 '이게 무슨 뜻일까?'에서는 고사성어나 사자성어의 본래 뜻과 오늘날에 흔히 사용되는 뜻을 알려주고, 평소 우리가 주고받는 대화나 말에서 어떻게 사용되는지 예를 들었어. 그래서 좀 더 쉽게 이해할 수 있을 거야.

그 다음에는 고사성어나 사자성어와 비슷한 말을 확인할 수 있어. 그것까지 알게 된다면 부모님이나 선생님한테도 실력자로 인정받게 될 거야.

마지막으로 '이럴 때 쓰는 말이야!'에서는 전 과목 교과서와 연계된 이야기에서 고사성어나 사자성어가 어떻게 사용되는지를 확인할 수 있어.

재미도 있지만 수업시간에 도움이 되는 지식까지 얻을 수 있어서 '꿩 먹고 알 먹고'의 효과를 톡톡히 보게 될 거야.

100개의 고사성어, 사자성어에는 교과 학습에 도움이 될 수 있도록 해당 학년과 관련 교과의 단원을 표시했어. 책을 읽다 보면 '아, 교과서 지문의 이런 상황에는 이 고사성어가 어울리는구나!'라는 생각이 저절로 들게 될 거야.

반에서 '고사성어와 사자성어의 1인자'가 되고 싶은 친구 있어? 이 책을 읽다 보면 지름길이 보일 거야. 자, 지금부터 우리 함께 1인자의 길로 떠나 볼까?

차례

머리말 • 4

1 감언이설 • 12

2 개과천선 • 14

3 견물생심 • 16

4 결자해지 • 18

5 결초보은 • 20

6 경거망동 • 22

7 고진감래 • 24

8 과대망상 • 26

9 과유불급 • 28

10 교각살우 • 30

11 교우이신 • 32

12 권선징악 • 34

13 금시초문 • 36

14 기고만장 • 38

15 난공불락 • 40

16 노심초사 • 42

17 다다익선 • 44

18 다재다능 • 46

19 대기만성 • 48

20 대의명분 • 50

21 동고동락 • 52

22 동문서답 • 54

23 동병상련 • 56

24 동상이몽 • 58

25 마이동풍 • 60

26 막상막하 • 62

27 명실상부 • 64

28 무아도취 • 66

29 무용지물 • 68

30 박장대소 • 70

31 박학다식 • 72

32 반신반의 • 74

33 백골난망 • 76

34 부지기수 • 78

35 부화뇌동 • 80

36 분골쇄신 • 82

37 비일비재 • 84

38 사리사욕 • 86

39 사면초가 • 88

40 사상누각 • 90

41 사생결단 • 92

42 사필귀정 • 94

43 산전수전 • 96

44 살신성인 • 98

45 상전벽해 • 100

46 새옹지마 • 102

47 생사고락 • 104

48 선견지명 • 106

49 설상가상 • 108

50 소탐대실 • 110

51 속수무책 • 112

52 수수방관 • 114

53 순망치한 • 116

54 시기상조 • 118

55 시시비비 • 120

56 시종일관 • 122

57 심기일전 • 124

58 심사숙고 • 126

59 십시일반 • 128

60 십중팔구 • 130

61 아전인수 • 132

62 안하무인 • 134

63 애지중지 • 136

64 어부지리 • 138

65 어불성설 • 140

66 역지사지 • 142

67 오리무중 • 144

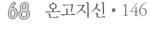

68 온고지신 • 146

69 외유내강 • 148

70 용두사미 • 150

71 우왕좌왕 • 152

72 우유부단 • 154

73 위풍당당 • 156

74 유구무언 • 158

75 유비무환 • 160

76 이구동성 • 162

77 이실직고 • 164

78 이심전심 • 166

79 인과응보 • 168

80 인산인해 • 170

81 인지상정 • 172

82 일석이조 • 174

83 일취월장 • 176

84 임기응변 • 178

85 임전무퇴 • 180

86 입신양명 • 182

87 자격지심 • 184

88 작심삼일 • 186

89 적반하장 • 188

90 전화위복 • 190

91 조삼모사 • 192

92 주객전도 • 194

93 죽마고우 • 196

94 지피지기 • 198

95 천고마비 • 200

96 청출어람 • 202

97 타산지석 • 204

98 파죽지세 • 206

99 풍전등화 • 208

100 호연지기 • 210

찾아보기 • 212

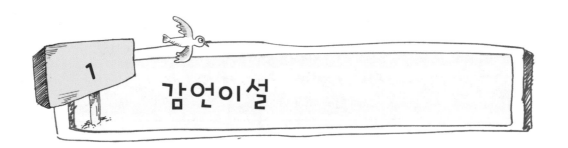

감언이설

甘 言 利 說
달 감　　말씀 언　　이로울 이　　말씀 설

무슨 뜻일까?

'달콤한 말과 이로운 이야기'란 뜻이야.

남의 비위에 맞게 달콤한 말과 이로운 조건으로 속이는 것을 말해.

그래서 부정적인 뜻으로 사용할 때가 많아.

"감언이설에 속아 장사에서 큰 손해를 보았대요."

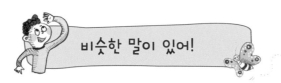

비슷한 말이 있어!

교언영색(巧言令色)

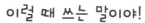

높은 벼슬자리도 거부했대요

수업 시간에 선생님이 도산 안창호 선생님에 대해 설명하셨어요.

"1907년 조선 통감으로 있던 일본의 이토 히로부미는 안창호 선생님을 자신의 편으로 끌어들이려고 했어요. 높은 벼슬을 주겠다고 감언이설로 설득하기도 했어요. 하지만 선생님은 단호히 거부했어요."

조용히 듣고 있던 현수가 말했어요.

"저도 엄마의 감언이설을 거부했어요. 중간고사에서 100점 맞으면 새 핸드폰을 사 주시겠다고 했지만 저는 단호히 70점을 맞았어요."

교실은 순식간에 웃음바다가 되었어요.

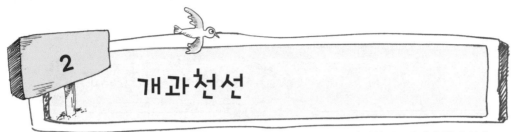

2 개과천선

改 過 遷 善
고칠 개 지날 과 옮길 천 착할 선

무슨 뜻일까?

'지난날의 잘못을 고쳐 착하게 된다.'는 뜻이야.

《크리스마스 캐럴》은 구두쇠 스크루지가 세 유령을 만난 후에

가난한 사람들을 도와주게 되는 **개과천선** 이야기야.

"그 사람은 감옥에서 나온 뒤에 **개과천선했어요.**"

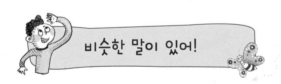

비슷한 말이 있어!

회과천선(悔過遷善), 개과자신(改過自新),
환골탈태(換骨奪胎)

14

여자애들 잔소리는 아무도 못 이겨요

강철이에게 전화가 왔어요.

"놀이터로 나올래? 같이 놀자."

현수가 힘없이 대답했어요.

"안 돼. 숙제해야 해."

"너, 개과천선했구나. 숙제 안 해서 매일 청소하더니……."

"모르는 소리 마. 숙제 안 해서 모둠 점수 깎이면 여자애들이

쉬는 시간마다 잔소리해서 어쩔 수 없이 하는 거야."

"여자애들 잔소리가 엄마 잔소리보다 무섭긴 하지."

15

3 견물생심

4-2 사회(1단원 경제생활과 바람직한 선택) 연계

見 物 生 心
볼 견　　만물 물　　날 생　　마음 심

무슨 뜻일까?

'좋은 물건을 보면 누구나 갖고 싶은 마음이 생긴다.'는 뜻이야.
남이 가진 물건이 욕심 나더라도 절제할 줄 알아야 한다는 말이지.
"친구의 새 가방에 자꾸 눈이 가는 걸 보니,
견물생심이 괜히 나온 말이 아니었네."

비슷한 말이 있어!

견금여석(見金如石)

엄마야!

16

욕심이 나는 건 어쩔 수 없어요

현수는 엄마랑 동생이랑 대형 마트에 갔어요.

동생이 장난감 코너에서 떼를 쓰며 울었어요.

엄마가 난감한 표정으로 말씀하셨어요.

"견물생심인 게지. 장난감을 보니 갖고 싶어진 거야."

현수가 얼른 동생을 달랬어요.

"울지 마! 집에 가면 네가 갖고 싶어 했던 형이 만든 로봇 줄게."

동생이 울음을 뚝 그쳤어요.

현수가 손가락으로 브이 자를 만들어 보이더니 엄마에게 말했어요.

"나 잘했죠? 그럼 게임팩 하나만 사 주세요.

견물생심이라고, 보니까 욕심이 생겨서요."

이것만 사 주면
말 잘 들을게요.

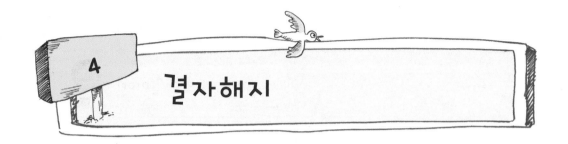

4

결자해지

結 者 解 之
맺을 **결**　　놈 **자**　　풀 **해**　　갈 **지**

무슨 뜻일까?

'매듭을 맺은 사람이 풀어야 한다.'는 뜻이야.

일을 저지른 사람이 그 일을 해결해야 한다는 의미지.

자신이 한 일에 대해 책임감을 가지라는 말로 이해할 수 있어.

"말싸움을 걸었던 여학생들이 먼저 **결자해지**의 태도를 보여야 한다고
생각합니다."

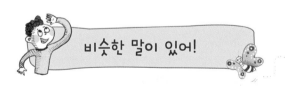

비슷한 말이 있어!

인과응보(因果應報)

"눈치가 백 단이구나!"

강찬이가 쓰레기통을 들고 가다가 복도에 쏟았어요.

그걸 본 현수가 다가오더니 물었어요.

"이거 어떻게 할 거야?"

대수롭지 않다는 듯이 강찬이가 대답했어요.

"어떡하긴, 빗자루 가지고 와서 치워야지. 걸자해지해야지."

"혼자 하면 힘들겠다. 선생님께 말씀드리고 내가 도와줄게."

"고맙긴 한데, 너 이 핑계로 수업에 늦게 들어가려는 거 아냐?"

현수가 흐흐흐 웃으며 대답했어요.

"강찬이 너, 눈치가 백 단이구나!"

야호!
기회는 찬스니까.

19

5

결초보은

4-2 국어(1단원 이야기를 간추려요) 연계

結 草 報 恩

맺을 **결**　풀 **초**　갚을 **보**　은혜 **은**

무슨 뜻일까?

'풀을 묶어서 은혜를 갚는다.'는 뜻이야.

'죽어서 혼이 되더라도 은혜를 잊지 않고 갚는다.'는 말이지.

반대말은 '배은망덕(背恩忘德)'이야.

"저를 회장으로 뽑아 주신다면 **결초보은**의 마음으로

여러분에게 봉사할 것입니다."

비슷한 말이 있어!

각골난망(刻骨難忘), 백골난망(白骨難忘)

은혜 갚은 고목나무

옛날에 사람들이 땔감이 없어 마을의 고목나무를 베려고 했어요.

그때 한 할아버지가 마을 사람들을 말렸어요.

"대신에 우리 집 행랑채를 뜯어서 땔감으로 쓰세요."

이듬해 봄에 잘생긴 청년이 할아버지를 찾아왔어요.

청년은 가을까지 농사일을 도왔고, 할머니의 병까지 고쳐 주었어요.

추수가 끝나고 수고비를 주려 했더니, 청년이 말했어요.

"할아버지, 저는 마을의 고목나무입니다.

땔감이 될 뻔했던 저를 살려 주셔서 감사합니다.

결초보은하려고 잠시 사람의 모습으로 찾아온 것입니다."

그러고는 넙죽 엎드려 큰절을 올렸어요.

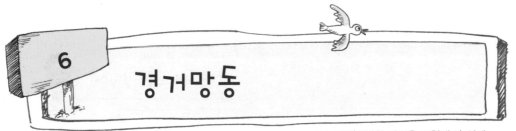

6 경거망동

4-1 국어(10단원 감동을 표현해요) 연계

輕 擧 妄 動
가벼울 **경** 들 **거** 허망할 **망** 움직일 **동**

무슨 뜻일까?

가볍고 분수없이 행동하는 것을 뜻해.

때와 장소에 맞지 않는 말이나 행동을 할 때 사용하는 말이야.

"경건한 장례식장에서 시끄럽게 뛰어다니다니,

경거망동한 행동이었단다."

비슷한 말이 있어!

조동(躁動), 경동(輕動), 경거망행(輕擧妄行)

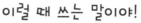

"고깔모자는 봐 주세요"

실험 시간에 선생님이 주의사항을 말씀하셨어요.

"알코올램프와 촛불을 사용하는 실험이니까, 경거망동해서는

안 돼요. 불 근처에서 뛰어다녀서도 안 돼요. 특히 여자 친구들은 불에

너무 가까이 가면 안 돼요. 머리카락이 길어서 자칫하면 탈 수 있어요."

그러자 몇몇 여자아이들이 머리를 묶기 시작했어요.

"촛불을 켜면 생일 축하 노래 부르는 친구가 있는데……."

그때 강찬이가 고깔모자를 꺼내 쓰며 말했어요.

"그래도 고깔

모자는 봐 주

실 거죠?"

선생님과 친

구들이 까르

르 웃었어요.

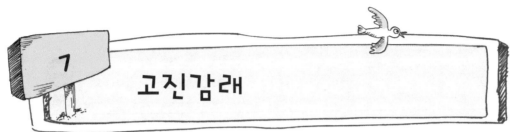

고진감래

3-2 도덕(5단원 내 힘으로 잘해요) 연계

苦 盡 甘 來
쓸 고　　다할 진　　달 감　　올 래

무슨 뜻일까?

'쓴 것이 다하면 단 것이 온다.'는 뜻이야.

고생 끝에 즐거움이 찾아온다는 말이지.

'고생 끝에 낙이 온다.'는 말과 비슷해.

"고진감래라더니 오랫동안 빛을 못 보다가 국가대표 선수가 되었어요."

24

세상에 '뚝딱' 만들어지는 것은 없어요

최초의 전구는 1802년에 험프리 데이비라는 사람이 발명했어요.

그런데 사람들은 '전구' 하면 에디슨을 가장 먼저 떠올려요.

제대로 된 백열전구의 필라멘트를 에디슨이 만들었거든요.

당시에는 전구의 수명이 짧아서 그을음과 냄새가 심한 가스등을

사용하고 있었어요.

에디슨은 필라멘트를 만들기 위해 면섬유와 대나무 등 1600가지가

넘는 재료들로 실험을 했어요.

에디슨은 고진감래가 뭔지를 보여 준 발명가라고 할 수 있어요.

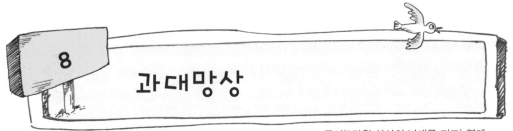

8 과대망상

1-1 국어(9단원 상상의 날개를 펴고) 연계

誇 大 妄 想
자랑할 **과**   큰 **대**   헛될 **망**   생각 **상**

무슨 뜻일까?

터무니없이 과장하여 엉뚱하게 생각하고,

그것이 사실이라고 믿는 것을 뜻하는 말이야.

나쁜 뜻으로 사용되는 경우가 많아.

과대망상증이란 말처럼 정신질환으로 취급받기도 해.

"기현이는 이번 회장 선거에 나가기만 하면

자기가 당선될 거라는 **과대망상**에 빠져 있어."

26

큰 무기를 좋아한 히틀러

독일의 히틀러는 제2차 세계대전을 일으킨 사람이에요.

히틀러는 무기는 큰 것이 좋다는 과대망상에 사로잡혀 있었어요.

그래서 개발하려고 한 것이 열차 철로 위에서만 움직일 수 있는

40미터 길이의 열차 대포, 180톤이 넘는 탱크(현재 탱크는 50~60톤),

1000톤이 넘는 육상 전함이에요.

그런데 이런 무기들은 완성이 되더라도 제 성능을 발휘하지 못했어요.

어떤 것들은 비용이 너무 많이 들어서,

또 기술이 발달되지 않아서 끝내 개발되지 못하기도 했어요.

뭐든 큰 게
최고야!

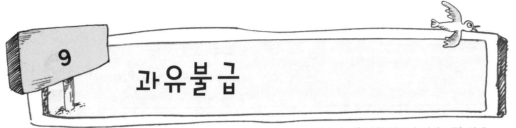

9 과유불급

3-1 사회(2단원 이동과 의사소통) 연계

過 猶 不 及
지날 **과** 오히려 **유** 아닐 **불** 미칠 **급**

무슨 뜻일까?

'지나친 것은 미치지 못한 것과 같다.'는 뜻이야.

음식을 만들면서 소금을 너무 많이 넣는 바람에

짜서 먹을 수가 없을 때 쓸 수 있는 말이지.

"**과유불급**이라고, 시험 전날 밤늦게까지 공부하다가

다음 날 시험을 망치고 말았어."

비슷한 말이 있어!

교불약졸(巧不若拙)

물로켓이 도망쳤어요

드디어 손꼽아 기다리던 물로켓 대회 날이 되었어요.

현수는 이번 대회에서 꼭 1등을 하고 싶었어요.

차례가 되자, 현수는 오른발 왼발을 번갈아 가며

다리가 빠지도록 펌프질을 했어요.

이윽고 물로켓이 힘차게 발사되었어요.

처음에 나왔던 아이들의 "우아" 소리는 "어어어"로 점점 바뀌었어요.

물로켓이 운동장을 가로지르더니 학교 담장을 넘어가 버렸거든요.

"과유불급이네!

욕심쟁이 주인이 싫어서 물로켓이 도망을 친 거야."

친구들이 약을 올렸어요.

물로켓 데리러 가야겠네!

29

10 교각살우

矯　角　殺　牛
바로잡을　뽈각　죽일살　소우
교

무슨 뜻일까?

'쇠뿔을 바로잡으려다 소를 죽인다.'는 뜻이야.

작은 흠이나 잘못을 고치려다 도리어 일을 그르칠 때 사용해.

'빈대 잡으려다 초가삼간 태운다.'와 비슷한 말이야.

"로봇 다리를 다시 조립하겠다는 생각은 버려.

잘못하면 교각살우가 될 수 있어."

비슷한 말이 있어!

소탐대실(小貪大失)

"괜히 손댔잖아!"

현수랑 강찬이는 텐트를 치고, 태현이는 밥을 하기로 했어요.

"강찬아, 텐트가 약간 삐뚤어진 것 같아."

"조금만 움직이면 되지 않을까?"

강찬이가 한쪽 끈을 세게 잡아당겼어요.

"이제 됐지?"

말이 끝나기가 무섭게 텐트가 우르르 무너지고 말았어요.

쌀을 씻어 오던 태현이가 한숨을 쉬며 말했어요.

"조금 삐뚤면 어때. 괜히 손을 대서 텐트가 무너졌잖아.

웬 교각살우냐고?"

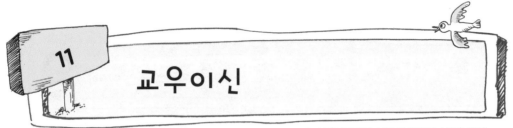

교우이신

交 友 以 信
사귈 교   벗 우   써 이   믿을 신

무슨 뜻일까?

'친구를 사귈 때는 믿음으로 사귀어야 한다.'는 뜻이야.

신라의 화랑들이 지켜야 하는 세속오계 중의 하나였지.

예쁘거나 공부를 잘하는 사람을 친구로 사귀기보다는

서로 믿고 의지할 수 있는 친구를 사귀어야 한다는 말이야.

"화랑도의 교우이신을 배운 뒤에 친구에 대해 다시 생각하게 되었어요."

비슷한 말이 있어!

관포지교(管鮑之交)

32

오성과 한음의 우정

'오성과 한음의 이야기'는 아주 유명해요.

그런데 우리가 알고 있는 일화와 사실은 조금 달라요.

오성 이항복과 한음 이덕형은 어릴 적 친구가 아니었고,

못 말리는 말썽꾸러기도 아니었어요.

둘은 같은 해에 과거 급제를 하면서 우정을 쌓기 시작했어요.

그리고 평생 동안 우정을 나누고 지켜 나갔어요.

오성과 한음의 관계는 교우이신의 표본이었어요.

한음이 세상을 떠나자, 오성은 이렇게 말했대요.

"나는 이제 진심으로 의견을 나눌 친구가 없어지게 되었구나!"

권선징악

5-1 국어(1단원 인물의 말과 행동) 연계

勸 善 懲 惡
권할 **권** 착할 **선** 징계할 **징** 악할 **악**

무슨 뜻일까?

'착한 행동은 권하고 나쁜 행동은 벌해야 한다.'는 뜻이야.

'콩 심은 데 콩 나고, 팥 심은 데 팥 난다.'와

'뿌린 대로 거둔다.'와 비슷한 말이지.

"흥부가 복을 받고 놀부가 벌을 받는 결말이 바로 **권선징악**이야."

비슷한 말이 있어!

자승자박(自繩自縛)

누가
내 얘기하니?

놀부

34

"꼭 봉사활동 때문은 아니야"

강찬이가 운동장에 쓰레기를 버리고 가는 1학년 학생을 보았어요.

"얘, 쓰레기는 아무 데나 버리면 안 돼. 쓰레기통에 버려야지."

"강찬이, 너 의외다!"

그 모습을 본 현수가 말했어요.

"권선징악이지. 착한 행동을 권하고,

잘못된 행동을 못하게 하는 건 선배로서 당연한 일이야."

"내일 아침에 있는 쓰레기 줍기 봉사활동 때문은 아니고?"

"들켰네! 아무튼 쓰레기 못 버리게 하는 건 좋은 거잖아."

놀부처럼 굴면 안 돼!

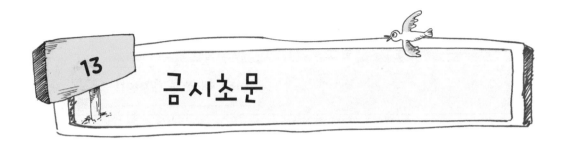

13 금시초문

今 時 初 聞
이제 금   때 시   처음 초   들을 문

무슨 뜻일까?

'이제야 막 처음 듣는 이야기'라는 뜻이야.

"그 이야기는 지금 처음 들어."라는 표현 대신에 사용할 수 있어.

"선생님이 편찮으시다고? 나는 금시초문이야."

비슷한 말이 있어!

전대미문(前代未聞)

"난 정말 처음 듣거든!"

교실에 들어섰더니 아이들 모두가 체육복 차림이었어요.

"왜 다들 체육복을 입고 있어?"

현수가 놀란 얼굴로 물었어요.

"학교 앞산으로 체험학습 가는 날이잖아."

친구들의 말에 현수의 눈이 똥그랗게 변했어요.

"난 정말 금시초문이야!"

그러다가 순식간에

아차 하는 표정으로

바뀌었어요.

"아, 오늘 하루도 선

생님의 잔소리로 시

작하겠구나!"

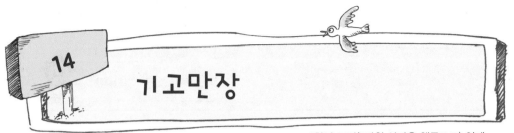

기고만장

6학년 도덕(2단원 알맞은 행동으로) 연계

氣 高 萬 丈
기운 기　　높을 고　　일만 만　　어른 장

무슨 뜻일까?

'기운이 만장으로 뻗치었다.'는 뜻인데, 두 가지 뜻을 가지고 있어.

첫째, '우쭐하여 뽐내는 기세가 대단하다.'는 뜻이야.

"대회에서 우승한 사람은 세상을 다 가진 듯 기고만장해졌다."

둘째, '펄펄 뛸 만큼 대단히 화가 나다.'는 뜻이야.

"장난감을 빼앗긴 동생은 기고만장하여 화를 냈다."

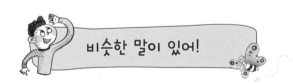

비슷한 말이 있어!

오만방자(傲慢放恣)

조조의 참담한 패배

《삼국지》에서 가장 유명한 전투는 적벽전투예요.

지금의 양쯔 강을 사이에 두고 막대한 군사력을 가진 조조군과

상대적으로 약했던 유비와 손권의 연합군이 벌인 싸움이에요.

강에서의 전투가 익숙지 않았던 조조군은 배를 서로 묶어

흔들리지 않게 했어요.

그것을 보고 제갈공명과 주유는 배에 불을 붙이는 작전을 짰어요.

그때까지 기고만장했던 조조는 적벽전투에서 참담하게 패배했어요.

그 결과로 중국은 위, 촉, 오의 삼국시대를 맞이하게 되었어요.

드디어
조조를 이겨 냈다!

난공불락

4-2 도덕(7단원 힘을 모으고 마음을 하나로) 연계

難 攻 不 落
어려울 **난**　칠 **공**　아닐 **불**　떨어질 **락**

무슨 뜻일까?

'공격하기 어려워 좀처럼 함락되지 않는다.'는 뜻이야.
《삼국지》에서 촉나라의 제갈공명이 위나라를 공격할 때 학소가 지키는
진창성이 쉽게 빼앗기지 않자, "난공불락이로다!"라고 감탄했다는 데서
유래되었어.
"4연승으로 결승전에 올라온 3반은 우리에게 난공불락이었어요."

비슷한 말이 있어!

철옹성(鐵甕城)

40

안시성과 엄마의 지갑이 닮았어요

"제가 오늘 발표할 주제는 '안시성 전투'입니다.

고구려를 침략한 당나라 태종은 요동 일대의 모든 성을 함락하고

안시성만 남겨 둔 상태였습니다.

그런데 금세 이길 줄 알았던 전투가 60여 일이나 계속됩니다.

결국 전투는 양만춘 장군이 승리를 이끌어 냅니다.

안시성은 난공불락의 요새였던 것입니다.

저는 안시성이 엄마 지갑과 비슷하다고 생각했습니다.

엄마의 지갑도 제가 원할 때 절대로 열리지 않는

난공불락이기 때문입니다."

노심초사

5-1 국어(9단원 추론하며 읽기) 연계

勞 心 焦 思

일할 노(로)   마음 심   탈 초   생각 사

무슨 뜻일까?

'마음속으로 애를 쓰며 속을 태운다.'는 뜻이야.

어떤 일 때문에 몹시 마음을 졸이거나 걱정할 때 쓰는 말이지.

반대말은 '태연자약(泰然自若)'이야.

"실수해도 괜찮아.

친구들이 이해해 줄 테니까, 노심초사하지 마."

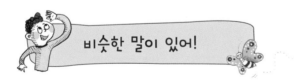

비슷한 말이 있어!

초심고려(焦心苦慮)

박제상과 망부석 설화

박제상은 신라 시대 때의 충신이에요.

그는 고구려와 일본에 있는 눌지왕의 두 동생을 구출하러 떠났어요.

고구려에서는 무사히 구출해서 돌아왔지만,

일본에서는 왕의 동생을 탈출시키고 자신은 붙잡히고 말았어요.

일본 왕이 충성을 바친다면 큰 상을 내리겠다고 설득했지만

박제상은 끝내 거절하고 목숨을 잃었어요.

남편을 노심초사 기다리다가 고개 위에서 망부석(望夫石)이

되었다는 설화는 바로 박제상의 아내 이야기예요.

17 **다다익선**

4-2 사회(1단원 경제생활과 바람직한 선택) 연계

多 多 益 善
많을 다　많을 다　더할 익　착할 선

무슨 뜻일까?

'많으면 많을수록 더욱 좋다.'는 뜻이야.

착할 선(善)은 '좋다', '훌륭하다'는 뜻으로도 사용돼.

중국 한나라의 유방에게 한신이 "폐하는 10만의 병사를 지휘할 수 있는

그릇이지만, 저는 병사의 수가 많을수록 좋습니다."라고 대답한 것에서

유래했어.

"친구들에게 받는 생일 선물은 다다익선이지!"

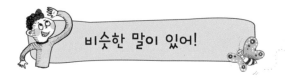

비슷한 말이 있어!

다다익판(多多益辦)

44

돈이 많을수록 행복한 것은 아니야

경제적으로 부유한 것과 행복은 일치할까요?

사람들은 누구나 경제적으로 풍족한 삶을 꿈꿔요.

그래서 돈은 많으면 많을수록 좋다고 다다익선이라고 말해요.

하지만 영국의 '새로운 경제 재단'에서 발표한 '국민행복지수'에

따르면 꼭 그렇지도 않은 것 같아요.

이 조사에서 1위를 차지한 나라는 놀랍게도 코스타리카였어요.

코스타리카는 국민총소득이 우리나라의 절반에도 미치지 않아요.

경제적으로 부유한 것과 행복이 꼭 일치하는 것은 아닌가 봐요.

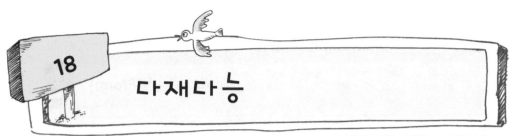

18

다재다능

3-1 국어(8단원 마음을 전해요) 연계

多 才 多 能
많을 **다**　　재주 **재**　　많을 **다**　　능할 **능**

무슨 뜻일까?

'재주와 능력이 많다.'는 뜻이야.

여러 가지 면에서 뛰어난 능력을 갖추었을 때 사용하는 말이지.

"현승이는 운동도 잘하지만 피아노 연주도 수준급이야.

그림도 아주 잘 그려서 다재다능한 친구지."

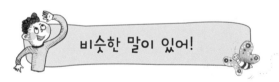
비슷한 말이 있어!

다재다예(多才多藝)

오늘은 땀나는 날이야

드디어 학예회 발표날이 되었어요.

"나는 오늘 합창부 공연하는데, 너는 뭐해?"

해미가 다솜이에게 물었어요.

"나는 태권도 시범이랑 사물놀이 공연, 댄스 공연을 할 거야."

다솜이가 자랑스러운 얼굴로 대답했어요.

"넌 참 다재다능하구나."

"근데, 너무 더워서 힘들어. 옷 갈아입을 시간이 없어서 댄스복 위에

태권도복과 사물놀이 옷까지 껴입어야 하거든."

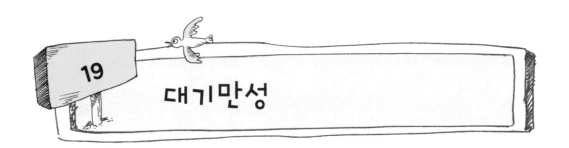

19

대기만성

大 器 晩 成
클 대　　그릇 기　　늦을 만　　이룰 성

무슨 뜻일까?

'큰 그릇은 늦게 이루어진다.'는 뜻이야.

'크게 될 인물은 늦게 이루어진다.'는 말이지.

"선생님이 볼 때 넌 대기만성형이야.

나중에 큰 인물이 될 거라고 믿고 있단다."

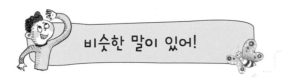

비슷한 말이 있어!

마부작침(磨斧作針)

포기하지 않으면 못할 게 없어요

김득신은 어려서 이해력과 암기력이 부족해서

같은 책을 반복해서 읽어도 잘 이해하지 못했어요.

심지어 그가 소리 내어 읽은 책을 하인은 기억하는데

정작 자신은 기억을 못하기도 했어요.

그래서 책 한 권을 이해하려고 11만 3천 번이나 읽었다고 해요.

그럼에도 불구하고 김득신은 포기하지 않았어요.

그는 59세에 과거에 합격했고, 그 시대를 대표하는 시인이 되었어요.

다산 정약용 선생님은 김득신을 진정한 대기만성의 상징이라고

이야기하셨어요.

난 다 외웠어, 멍멍!

똑같은 책을 몇 번 읽는 거야?

49

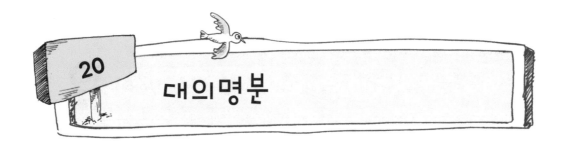

20

대의명분

大 義 名 分
클 대　　옳을 의　　이름 명　　나눌 분

무슨 뜻일까?

'사람으로서 마땅히 지켜야 할 중대한 도리와 명분'이라는 뜻이야.

어떤 행동을 해야 할 때와 하지 말아야 할 때를 구분해 주는

마음의 기준이라고 할 수 있어.

"아무리 좋은 일이라도

대의명분이 있어야 사람들을 설득할 수 있단다."

노벨 평화상을 받은 유니세프

유니세프(UNICEF)는 유엔아동기금이에요.

국적이나 이념, 종교 등의 차별 없이 어린이를 구호한다는

대의명분으로 설립된 유엔(국제연합)의 보조기관이지요.

처음에는 제2차 세계대전 이후 기아와 질병에 지친 아동을 구제하기

위해 '유엔 국제아동 긴급구호기금'이라는 명칭으로 시작했어요.

지금은 개발도상국 어린이들을 위하여 긴급구호, 영양, 예방접종,

식수 및 환경개선, 기초교육 등의 사업을 펼치고 있어요.

그 공로로 1965년에 노벨 평화상을 수상했어요.

우리를
돕는 곳이래!

어린이를 구호한다

동고동락

5학년 도덕(9단원 서로 돕고 힘을 모아) 연계

同 苦 同 樂

한가지 동   쓸 고   한가지 동   즐길 락(낙)

무슨 뜻일까?

'괴로움과 즐거움을 함께한다.'는 뜻이야.

'같이 고생하고 같이 즐긴다.'는 말로,

오랜 시간 함께한 사람들 사이에서 사용해.

"이 사람은 나와 같은 회사에서 오랜 기간 **동고동락**한 사람이야."

비슷한 말이 있어!

사생동고(死生同苦)

89년을 함께 산 부부

영국의 카람 찬드와 카타리 찬드 부부는 세계에서 가장 오랫동안

결혼 생활을 한 부부예요.

두 사람은 무려 89년간 부부로 살면서 동고동락했어요.

그들은 원래 인도에서 태어났지만, 영국으로 이주하여 살았어요.

그 부부는 1925년에 결혼하여 8명의 자녀를 두었고,

지금은 27명의 손자와 많은 증손자들이 있어요.

한 기자가 장수 비결을 물었더니 이렇게 대답했어요.

"우리는 언제나 좋은 음식만 먹어요. 인공적인 것은 먹지 않아요.

특히 우유와 버터, 요구르트를 즐겨 먹지요."

53

동문서답

東 問 西 答
동녘 동　물을 문　서녘 서　대답 답

무슨 뜻일까?

'동쪽을 묻는데 서쪽을 대답한다.'는 뜻이야.

묻는 말은 신경 쓰지 않고 엉뚱한 답을 말할 때에 사용해.

"텔레비전에 정신이 팔려서 묻는 말에 엉뚱한 대답을 했더니,

엄마가 '웬 동문서답이니?'라고 말씀하셨어요."

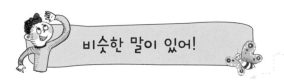

비슷한 말이 있어!

문동답서(問東答西)

동문서답을 하려면 이 정도는 되어야지

중국 사신이 조선에 인재가 얼마나 많은지 본다며 내기를 걸었어요.

떡을 좋아하는 떡보라는 사람이 내기에 나섰어요.

사신은 떡보에게 손으로 동그라미를 만들어 보였어요.

'하늘은 둥글다'라는 뜻을 담은 거였지요.

떡보는 그것을 '너는 둥근 떡을 먹고 왔느냐?'라고 이해했어요.

그래서 '네모난 떡을 먹고 왔다'며 손으로 네모를 만들었어요.

사신은 그것을 '땅은 네모나다'라고 해석했어요.

결국 사신은 중국으로 돌아갔고, 떡보는 큰 상을 받았어요.

사실 떡보는 완전히 동문서답을 한 것인데 말이죠.

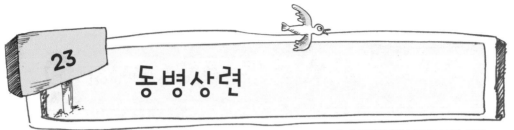

23 동병상련

6-1 국어(1단원 비유적 표현) 연계

同 病 相 憐

한가지 **동**　　병 **병**　　서로 **상**　　불쌍히
여길 **련(연)**

무슨 뜻일까?

'같은 병을 앓고 있는 사람들이 서로 가엾게 여긴다.'는 뜻이야.

어려운 처지에 있는 사람들끼리 서로 불쌍하게 여겨 돕는 것을 가리키지.

"홍수가 났을 때 비슷한 일을 겪은 사람들이 더 잘 도와주지.

다 동병상련의 마음 때문이야.

비슷한 말이 있어!

유유상종(類類相從), 초록동색(草綠同色)

우리나라의 독립운동을 도왔던 영국인

'조지 루이스 쇼'라는 아일랜드계 영국인은 우리나라의 독립운동에

많은 도움을 주었어요.

일본에 의해 투옥되었다가 영국 정부의 항의로 풀려나기도 했어요.

외국인임에도 우리나라의 독립운동을 도왔던 이유가 있어요.

그 역시 영국의 식민 지배를 받던 아일랜드 사람이었기 때문이에요.

일제강점기에 있는 우리 국민에게 동병상련을 느꼈던 것이지요.

2012년에 우리나라 정부는 쇼의 후손을 찾아내어

'건국훈장 독립장'이라는 훈장을 수여했어요.

한민족의 아픔을 느낄 수 있어요.

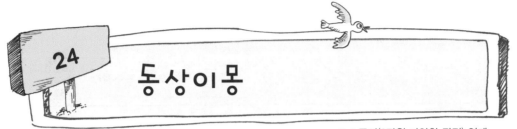

24

동상이몽

6-1 국어(2단원 다양한 관점) 연계

同 床 異 夢
한가지 동　평상 상　다를 이(리)　꿈 몽

무슨 뜻일까?

'한 자리에 누워서 잠을 자도 서로 다른 꿈을 꾼다.'는 뜻이야.

겉으로는 같이 행동하면서 서로 다른 생각을 하고 있는 것을 의미해.

"운동장에 나올 때 남학생과 여학생은 동상이몽을 할 때가 많아요.

남학생들은 축구를, 여학생들은 피구를 하고 싶어 하거든요."

비슷한 말이 있어!

구밀복검(口蜜腹劍), 소리장도(笑裏藏刀),
표리부동(表裏不同)

군만두도 맛있고, 찐만두도 맛있지

저녁밥을 준비하다가 현수와 강찬이가 말씨름을 시작했어요.

태현이가 얼른 와서 말리며 다투는 이유를 물었어요.

"준비회의 때 만두를 쪄 먹기로 했는데 갑자기 구워 먹자고 하잖아."

"군만두가 훨씬 더 맛있단 말이야."

두 친구는 만두를 놓고 동상이몽을 하고 있었어요.

태현이가 "절반은 구워 먹고, 절반은 쪄 먹자."라고 의견을 냈어요.

결국 강찬이는 군만두를 먹었고, 현수는 찐만두를 먹었어요.

물론 태현이는 군만두와 찐만두를 모두 먹었어요.

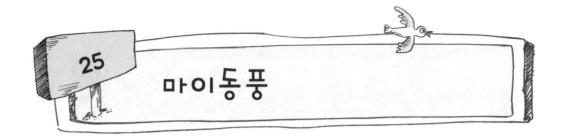

25

마이동풍

馬 耳 東 風

말 마   귀 이   동녘 동   바람 풍

무슨 뜻일까?

'말의 귀에 동풍이 불어도 말은 아랑곳하지 않는다.'는 뜻이야.
남의 비평이나 의견을 조금도 귀담아듣지 않고
흘려버리거나 무시하는 경우에 사용하는 말이지.
"마이동풍으로 흘려듣는 사람들과 토론하는 건
정말 힘든 일이야."

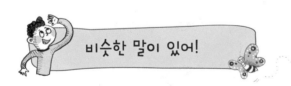

비슷한 말이 있어!

우이독경(牛耳讀經)

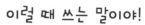

문제가 없기는 왜 없어요?

일본 도쿄의 중심가에는 야스쿠니신사가 있어요.

청일전쟁, 러일전쟁, 만주사변, 제2차 세계대전 등 일본이 벌인

주요 전쟁에서 숨진 사람들을 신격화해서 제사를 지내는 곳이에요.

하지만 이곳에는 제2차 세계대전을 일으킨 전범(戰犯)들까지

포함되어 있어 논란이 벌어질 때가 많아요.

특히 일본의 수상이 참배를 할 때면 국제사회의 비난이 빗발치지요.

그때마다 일본 정부는 아무 문제가 없다는 말만 되풀이하면서

마이동풍으로 일관해요.

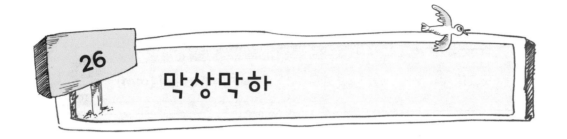

26

막상막하

莫 上 莫 下

없을 **막**   위 **상**   없을 **막**   아래 **하**

무슨 뜻일까?

'어느 것이 위이고 아래인지 구분할 수 없다.'는 뜻이야.

더 잘하고 못하는 것을 구분할 수 없을 때 사용하는 말이야.

"우리나라 선수와 미국 선수의 기록이 **막상막하**야.

그래서 이번 경기에서 누가 이길지 예상할 수가 없대."

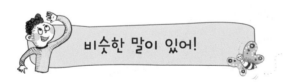

비슷한 말이 있어!

난형난제(難兄難弟), 백중지세(伯仲之勢),
호각지세(互角之勢)

이럴 때 쓰는 말이야!

고구려, 백제, 신라의 경쟁과 통일

삼국시대는 고구려, 백제, 신라가 한반도에 있었던 시대를 가리켜요.

나라가 세워진 것은 고구려, 백제, 신라의 순이었어요.

고구려는 중국의 여러 나라와 경쟁했고,

백제는 일본에 많은 영향을 끼쳤어요.

신라는 가야와 세력을 다투다가 끝내 승리했어요.

고구려, 백제, 신라는 막상막하의 세력으로 국가를 유지해 나갔어요.

그러다가 신라가 중국의 당나라와 연합하여 삼국을 통일시켰어요.

27

명실상부

名 實 相 符

이름 명   열매 실   서로 상   부호 부

무슨 뜻일까?

'이름과 실제의 상황이나 능력이 서로 들어맞는다.'는 뜻이야.

알려진 것과 실제의 상황이 같을 때 사용하는 말이지.

반대말은 유명무실(有名無實)이야.

"김연아 선수는 밴쿠버 올림픽에서 금메달을 딴 명실상부한

피겨 여왕이지요."

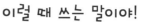

해동성국 발해

발해는 고구려 출신의 대조영이 고구려 유민과 말갈족을 이끌고

세운 나라예요.

영토를 가장 크게 확장시켰던 선왕 때에는 고구려의 영토는

물론이고, 북쪽 연해주 지역까지 진출했어요.

그래서 우리나라 역사에서 가장 큰 영토를 가졌던 나라지요.

명실상부 '해동성국(동쪽의 융성한 나라)'이라고 불릴 만큼

강한 나라였지요.

그런데 지금은 발해 영토의 대부분이 중국과 러시아의 영토가 되어

그 흔적을 찾아보기가 쉽지 않아요.

28 무아도취

無 我 陶 醉
없을 **무**　나 **아**　질그릇 **도**　취할 **취**

무슨 뜻일까?

'즐기거나 좋아하는 것에 정신이 쏠려 자신을 잊어버리고 있는 상태'를
가리키는 말이야.

"추리소설을 읽으면 나도 모르게 **무아도취**에 빠지고 만다."

나는 감수성이 예민한 사람이에요

작가 스탕달은 '베아트리체 첸치'라는 여인의 초상화를 보고

일기에 이렇게 썼어요.

'심장이 뛰고 무릎에 힘이 빠지는 경험을 했다.'

그 후 예술작품을 보고 특별한 경험을 하는 현상을

'스탕달 신드롬'이라 부르게 되었어요.

주요 증상은 예술 작품을 보면 무아도취되어 가슴이 뛰고,

격렬한 흥분이나 우울증, 현기증을 느끼기도 해요.

'모나리자'에 컵을 던지거나

'다비드상'의 발등을 망치로 내려친 사람도 있어요.

스탕달 신드롬은 감수성이 예민한 사람들에게 잘 나타난대요.

그림을 보면서
춤추는 아저씨다!

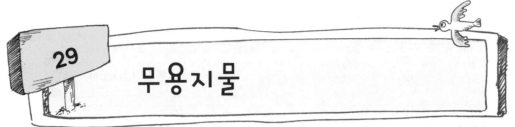

29 무용지물

4-1 국어(5단원 서로 다른 느낌) 연계

無 用 之 物
없을 무 쓸 용 갈 지 물건 물

무슨 뜻일까?

'아무 소용이 없는 물건이나 아무짝에도 쓸 데가 없는 사람'이라는
뜻이야.

듣는 사람에게 상처를 줄 수 있으니 함부로 사용해서는 안 돼.

물론 이런 말을 듣지 않도록 노력하고,

함부로 행동하지 말아야겠지?

"비가 온다고 해서 우산을 챙겨 왔는데 무용지물이네요."

"정크 아트가 별거야?"

"이것 좀 봐. 이게 쓰레기로 만든 작품이래."

소희가 미술책의 사진을 가리키며 말했어요.

"정크 아트라는 거야. 나도 정크 아트 로봇을 만들었어. 짜자잔!"

소희는 하영이가 보여 주는 것을 보고 기가 막혔어요.

지우개에 구멍을 내서 연필을 끼워 놓은 게 전부였어요.

"멀쩡한 지우개를 무용지물로 만들어 놓고 예술작품이라니!

말이라도 못하면……."

움직이면
멋지겠지?

아니,
못 움직여서
다행이야!

69

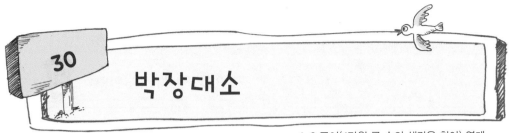

30

박장대소

拍 掌 大 笑
칠 박　손바닥 장　클 대　웃음 소

무슨 뜻일까?

'손뼉을 치면서 크게 웃는다.'는 뜻이야.

웃음이 나오면 나도 모르게 손뼉을 치고 깔깔거리고 웃을 때가 있잖아.

그 모습을 나타낸 말이야.

"박장대소를 하며 너무 오래 웃었더니, 눈물이 나려고 해."

장난칠 게 따로 있지

주나라 유왕에게는 포사라는 부인이 있었어요.

그녀는 매우 아름다웠지만 웃음이 없었어요.

어느 날 병사 하나가 실수로 봉화를 올렸어요.

제후들은 큰일이 났다고 생각하고 병사들을 이끌고 달려왔어요.

그 모습을 본 포사가 박장대소했어요.

유왕은 포사를 기쁘게 하고 싶어 거짓 봉화를 몇 번 더 올리게 했어요.

그 후 제후들은 더 이상 봉화를 믿지 않았어요.

적군이 쳐들어와서 봉화를 올렸을 때에도 오지 않았어요.

결국 유왕은 목숨을 잃었고, 포사는 적군에게 끌려갔어요.

우리 지금
뭐하는 거니?

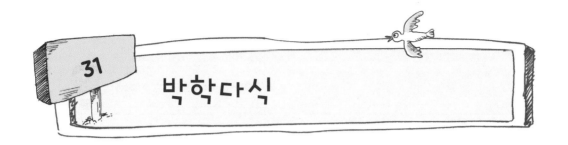

31

박학다식

博 學 多 識
넓을 **박** 배울 **학** 많을 **다** 알 **식**

무슨 뜻일까?

'학문이 넓고 아는 것이 많다.'는 뜻이야.

똑똑하거나 아는 것이 많은 사람을 '걸어 다니는 백과사전'이라고 하잖아.

바로 그런 사람에게 어울리는 표현이지.

"너는 책을 많이 읽어서 그런지 아주 박학다식하구나!"

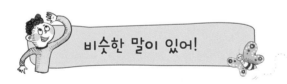

비슷한 말이 있어!

무불통지(無不通知)

이 정도는 되어야 천재지요

레오나르도 다 빈치를 흔히 천재라고 말해요.

회화, 건축, 작곡, 조각, 물리학, 수학, 해부학 등 다양한 분야에서

능력을 발휘한 박학다식한 사람이기 때문이에요.

신비한 미소로 유명한 '모나리자'를 그렸고,

그의 수첩에는 비행기와 잠수함에 대한 아이디어도 적혀 있었어요.

해부학을 연구해서 머리에서 발끝까지 정확한 신체 비례를

측정하기도 했어요.

그 많은 일에 관심을 갖고 훌륭한 성과를 낸 건 정말 신기해요.

사실 발명품을
더 만들고
싶었어요!

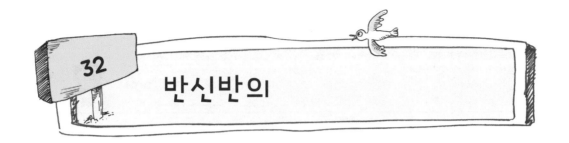

32

반신반의

半 信 半 疑
반 **반**　　민을 **신**　　반 **반**　　의심할 **의**

무슨 뜻일까?

'반은 믿고 반은 의심한다.'는 뜻이야.

믿으면서도 한편으로는 의심할 때 사용하는 말이야.

어떤 이야기를 듣고 "이게 사실일까?"라며 고개를 갸우뚱할 때를

가리키는 말이지.

사실 같기도 하고 아닌 것도 같은 상황에서도 쓸 수 있어.

"한 달 만에 줄넘기로 10킬로그램을 빼겠다고 큰소리쳤더니

친구들은 반신반의했어요."

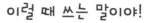
이럴 때 쓰는 말이야!

너의 정체를 밝혀라

오리너구리는 오리와 비버가 합쳐진 것같이 생겼어요.

1700년대 말에 오리너구리의 표본이 영국에 도착했을 때

학자들은 조작을 의심했어요.

생김새가 특이해서 실제로 존재한다는 사실에 반신반의했대요.

그 이후에 오스트레일리아에 살고 있다는 것을 확인하게 됐어요.

하지만 더 놀라운 일이 남아 있었어요.

오리너구리가 포유류와 조류, 파충류의 특성까지 갖고 있었거든요.

성형했을지도 몰라요.

너 정말 이렇게 태어났어?

오리너구리

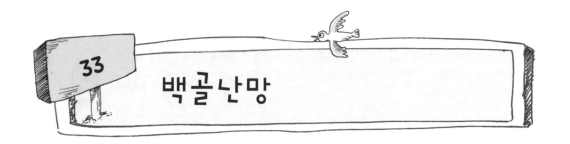

33

백골난망

白 骨 難 忘

흰 백   뼈 골   어려울 난   잊을 망

무슨 뜻일까?

'죽어서 뼈만 남아도 잊을 수 없다.'는 뜻이야.

남에게 큰 은혜를 입었을 때 사용하는 말이지.

"아무 보답도 할 수 없는 저를 돌보아 주셔서 **백골난망**입니다."

비슷한 말이 있어!

각골난망(刻骨難忘), 결초보은(結草報恩)

뱀도 은혜를 알아요

한 선비가 아버지의 장례를 치르러 가다가 뱀을 잡은 사람을 만났어요.

선비는 망 속에서 똬리를 틀고 있는 뱀이 불쌍해 보였어요.

그래서 그 뱀을 사서 수풀에 풀어 주었어요.

선비는 다시 산길을 걷다가 한 소년을 만났어요.

선비는 소년의 도움으로 황금을 얻었고,

잘못 잡혔던 아버지의 묏자리도 좋은 곳으로 옮길 수 있었어요.

선비가 고마워하자 소년이 말했어요.

"저는 선비님이 풀어 주신 뱀입니다.

그 은혜가 백골난망하여 잠시 사람의 모습으로 나타난 것입니다."

사람 없는 데로
다니거라.

34

부지기수

3-1 국어(10단원 생생한 느낌 그대로) 연계

不 知 其 數
아닐 부　알 지　그 기　셈 수

무슨 뜻일까?

'그 수를 알지 못한다.'는 뜻이야.

헤아릴 수 없을 만큼 매우 많은 것을 나타낼 때 사용하지.

사람이나 물건, 어떤 경우가 많다는 뜻으로 모두 사용할 수 있어.

'흔하다', '수두룩하다'와 비슷한 뜻이야.

"우리 반에는 외국인과 영어로 대화를 할 수 있는 아이가 부지기수야."

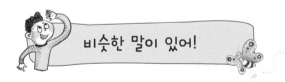

비슷한 말이 있어!

비일비재(非一非再)

아프리카에 꼭 가고 싶어요

사회 시간에 여행하고 싶은 곳에 대한 글을 써서 발표를 했어요.

"제가 여행하고 싶은 곳은 아프리카입니다.

지금도 아프리카에서는 부족 간의 전쟁이 일어나고 있어서

난민과 질병이 끊이지 않는다고 합니다.

그래서 어린이들이 사망하는 경우도 부지기수라고 합니다.

하지만 아프리카는 아직까지 개발되지 않은 곳이 많습니다.

그중에서도 저는 마다가스카르 섬에 가서 연구를 하고 싶습니다.

아직도 특이한 동식물이

많이 남아 있다고

들었습니다.

그래서 기회가 된다면

꼭 아프리카에 가고

싶습니다."

79

35

부화뇌동

附 和 雷 同

붙을 **부**　화할 **화**　우레 **뇌(뢰)**　한가지 **동**

무슨 뜻일까?

'우레(천둥) 소리에 맞춰 함께한다.'는 뜻이야.

자신의 뚜렷한 생각 없이 그저 남이 하자는 대로 따라가는 것을 말하지.

자기주장이 없을 때 사용하는 말이야.

"괜히 분위기에 휩쓸려 부화뇌동하지 말고 소신 있게 행동하세요."

비슷한 말이 있어!

경거망동(輕擧妄動)

80

올바른 정치에는 토론이 필요해요

조선 시대의 기록을 살펴보면 올바른 정치를 위해 왕과 신하 간의

토의와 토론이 활발히 이루어져야 한다는 내용이 종종 나와요.

세종 때의 기록에는 "반드시 임금과 신하가 꾀를 같이해야 정치의

도가 높아질 것입니다."라는 내용이 있어요.

성종 때의 기록에서는 경연(經筵)에서 신하들이 어떤 의견도 내놓지

않은 것에 대해 경고하는 내용이 있어요.

숙종 때의 기록에는 "임금과 신하가 부화뇌동하는 것은 국가의

복이 아니다."라는 내용이 있어요.

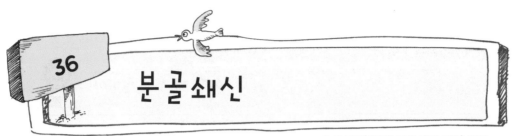

36 분골쇄신

3-2 국어(6단원 글에 담긴 마음) 연계

粉 骨 碎 身

가루 **분**   뼈 **골**   부술 **쇄**   몸 **신**

무슨 뜻일까?

'뼈가 가루가 되고 몸이 부서진다.'는 뜻이야.

있는 힘을 다해 열심히 노력하고, 최선을 다할 때 사용하는 말이야.

"몸이 부서질 정도로 열심히 일했어."라는 말 대신에 바꿔 쓸 수 있어.

"이번 실수를 용서해 주신다면

우리 팀의 승리를 위해 **분골쇄신**할 것입니다."

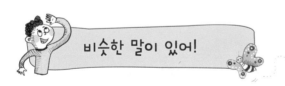

비슷한 말이 있어!

견마지로(犬馬之勞)

나라의 장래는 어린이에게 달렸어요

소파 방정환 선생님은 일본에 나라를 빼앗겼을 때

나라의 장래를 위해 어린이를 잘 돌봐야 한다고 생각했어요.

그래서 '애들', '애놈'이라고 불리던 호칭을 '어린이'라고 부르게 했고,

어린이날을 만드셨어요.

첫 어린이날은 1923년 5월 1일이었고,

이후 5월의 첫째 주 일요일로 정했어요.

매년 날짜가 변경되는 불편을 없애기 위해 1946년부터 5월 5일을

어린이날로 다시 정했어요.

선생님은 세상을 떠날 때까지 어린이들을 위해 분골쇄신하셨어요.

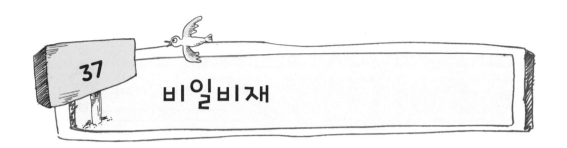

37

비일비재

非 一 非 再
아닐 **비**　한 **일**　아닐 **비**　두 **재**

무슨 뜻일까?

'한 번도 아니고 두 번도 아니다.'라는 뜻이야.

일이나 어떤 경우가 아주 많이 일어날 때 사용해.

부지기수와 뜻이 비슷한데 약간 차이가 있어.

부지기수는 사람, 물건 등에 주로 사용하고,

비일비재는 일이나 어떤 경우에 사용한다는 거야.

"그런 사람은 부지기수이고, 그런 사고는 비일비재하지."

비슷한 말이 있어!

부지기수(不知其數)

로드킬과 생태 이동통로

도로에서 차에 치여 죽어 있는 동물을 본 적이 있나요?

큰 도로에서는 비일비재하게 일어나는 사고예요.

이런 사고를 '로드킬'이라고 해요.

로드킬 사고는 동물들이 먹이를 구하거나 이동하려고

도로를 횡단하다가 일어나요.

사고가 일어나면 동물은 물론이고 사람이나 차량도 피해를 입어요.

그래서 로드킬 사고를 막기 위해 생태 이동통로를 설치해요.

표지판이 작아서 안 보이나 봐!

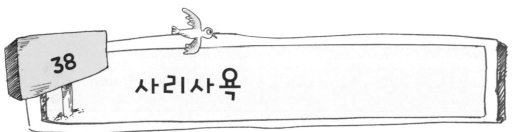

38

사리사욕

4-1 국어(7단원 의견과 근거) 연계

私 利 私 慾

사사로울 사 이로울 리 사사로울 사 욕심 욕

무슨 뜻일까?

'사사로운 이익과 사사로운 욕심'이라는 뜻이야.

'사사롭다'는 공적인 것이 아닌 개인적인 관계나 범위를 가리키는 말이야.

다시 말해서 '개인의 이익과 욕심'이라는 뜻이지.

지위를 가진 사람이 권한을 이용해서 이익을 얻는 경우에 사용해.

"부정부패 사건은 사리사욕을 채우는 사람들이 일으킬 때가 많아요."

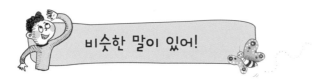

비슷한 말이 있어!

사리사복(私利私腹)

86

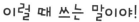

사리사욕, 안 돼요

선생님이 국회의원의 의무에 대해 설명했어요.

"국회의원은 헌법상의 의무와 국회법상의 의무가 있어요.

헌법상의 의무에는 다시 청렴 의무, 국익 우선 의무,

지위 남용 금지 의무, 겸직 금지 의무가 있어요.

모두 지위나 권력으로 사리사욕을 채우지 말라는 것이에요."

현수가 손을 들고 질문했어요.

"조장이 모둠 이름을 연예인 이름으로 정하는 것도

사리사욕을 채우는 거 맞죠?"

뒷자리의 다소가 얼굴이 빨개졌어요.

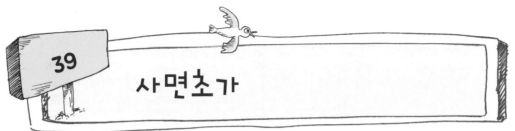

6-1 국어(7단원 이야기의 구성) 연계

四 面 楚 歌
넉 사　　낮 면　　초나라 초　　노래 가

무슨 뜻일까?

'사방에서 들리는 초나라의 노래'라는 뜻이야.

적에게 둘러싸인 상태나 누구의 도움도 받을 수 없는 상태를

가리킬 때 사용해.

"그 친구는 거짓말한 게 들통 나서 **사면초가**에 빠졌어요."

비슷한 말이 있어!

고립무원(孤立無援), 진퇴양난(進退兩難)

한니발의 이루지 못한 꿈

카르타고의 한니발은 군대를 이끌고 알프스산맥을 넘어

이탈리아를 공격했어요.

그 후 17년 동안 지중해 곳곳에서 승리를 거두지요.

그러자 로마는 새로운 전략을 써서 승리를 거두기 시작했어요.

한니발이 지휘하지 않는 카르타고군을 골라 공격하는 전략이었어요.

한니발은 지원군의 지원을 받지 못해 본거지까지 잃고

사면초가에 빠졌어요.

카르타고 본국이 공격받고 패배한 뒤에는 망명을 떠났지요.

결국 로마를 멸망시키겠다는 한니발의 꿈은 물거품이 되고 말았어요.

40

사상누각

沙 上 樓 閣

모래 사　　위 상　　다락 누(루)　집 각

무슨 뜻일까?

'모래 위에 세운 다락집'이라는 뜻이야.

모래 위에 지은 집이 튼튼할 수가 없지.

마찬가지로 기초가 약해서 무너질 염려가 있을 때나

현실적으로 불가능한 일을 가리킬 때 사용하는 말이야.

"계획을 꼼꼼하게 세우지 않으면 **사상누각**이 되고 말 거예요."

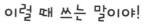

순수 흑인 왕국의 멸망

150여 년 전 아이티 섬에 순수 흑인 왕국이 세워진 적이 있어요.

당시 아이티 섬을 지배하고 있던 프랑스인들은 아프리카에서

흑인들을 잡아 와서 노예로 부렸어요.

그 흑인들이 프랑스인들을 몰아내고 흑인들만의 나라를 만든 거예요.

하지만 새로운 왕도 백성들을 노예처럼 다루었어요.

백성들의 지지를 받지 못한 왕국은 사상누각이나 마찬가지였어요.

결국 왕은 반란군을 피해 자살했고, 왕국은 멸망하고 말았어요.

41

사생결단

死 生 決 斷
죽을 **사**　　날 **생**　　결단할 **결**　　끊을 **단**

무슨 뜻일까?

'죽고 사는 것을 가리지 않고 끝장을 내려고 덤벼든다.'는 뜻이야.

목숨을 걸고 책임을 다하겠다는 굳은 의지를 표현할 때 사용하는 말이야.

"우리 반은 이번 족구대회에 **사생결단**의 마음으로 참가했어요."

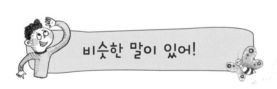

비슷한 말이 있어!

생사가판(生死可判),
사생가판(死生可判),
생사입판(生死立判)

간이 부었다고
들었어!

92

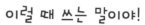

이럴 때 쓰는 말이야!

하늘의 행운이 함께한 전투

명량해전은 영화로도 만들어질 만큼 아주 유명해요.

명량해전은 애초에 이순신 장군도 '천행(하늘이 내린 큰 행운)'이라고

표현할 정도로 무모한 싸움이었대요.

일본의 전함 수는 최소 130척 이상(300척이 넘는다는 기록도 있어

요!)이었는데, 이순신 장군이 이끄는 배는 고작 13척이었거든요.

일본의 승리를 의심하는 사람이 이상할 정도의 상황이었지요.

그럼에도 사생결단의 각오로 싸운 이순신 장군과 병사들은

대승리를 거두었어요.

내 간은
멀쩡하다!

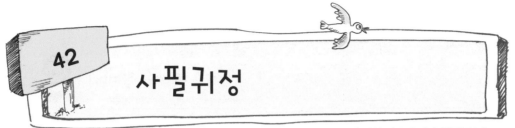

42

사필귀정

事 必 歸 正
일 사　　반드시 필　돌아갈 귀　바를 정

무슨 뜻일까?

'일은 반드시 옳은 이치로 돌아간다.'는 뜻이야.

처음에는 일이 잘못되는 것처럼 보일 수도 있지만,

결국엔 반드시 옳은 이치로 돌아간다는 말이야.

"억울하게 벌을 받다가 결국 진실이 밝혀진 것은 사필귀정이란다."

비슷한 말이 있어!

인과응보(因果應報), 종두득두(種豆得豆)

94

착한 형과 못된 동생 이야기

옛날에 가난한 형과 부자인 동생이 살았어요.

어느 날 형이 동생에게 누에와 곡식 종자를 얻으러 왔어요.

심술궂은 동생은 누에와 곡식 종자를 삶아서 주었어요.

하지만 형이 정성을 쏟아 키웠더니 누에와 곡식이 잘 자랐어요.

하루는 새가 날아와 곡식을 물고 산 속으로 달아났어요.

형은 새를 쫓아갔다가 원하는 것이 나오는 금방망이를 얻었어요.

아우도 새를 쫓아갔는데, 오히려 금방망이 주인한테 벌을 받아요.

착한 형은 부자가 되고, 못된 동생은 벌은 받는다는

사필귀정의 이야기예요.

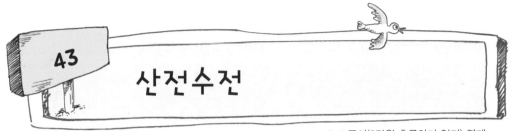

43

산전수전

5-1 국어(9단원 추론하며 읽기) 연계

山 戰 水 戰
뫼 산　싸움 전　물 수　싸움 전

무슨 뜻일까?

'산에서의 싸움과 물에서의 싸움'이라는 뜻이야.

세상의 온갖 고생을 다 겪었거나,

세상일에 경험이 많은 것을 가리킬 때 사용하는 말이야.

"그 사람은 산전수전 다 겪었지만, 끝내는 성공했어요."

비슷한 말이 있어!

백전노장(百戰老將), 만고풍상(萬古風霜)

96

바리공주 이야기

옛날에 계속해서 딸만 낳은 왕과 왕비가 있었어요.

왕은 일곱 번째도 딸이 태어나자 그 딸을 강물에 버리고 말았어요.

그러던 어느 날 왕이 큰 병에 걸렸어요.

하지만 아무도 약을 구하러 가겠다고 나서지 않았어요.

그때 무사히 구출되어 살아 있던 일곱 번째 공주가 찾아왔어요.

공주가 먼 길을 떠나 산전수전 고생하여 약을 구해 돌아왔어요.

아버지는 이미 돌아가신 뒤였지만

공주는 구해 온 약으로 다시 살려냈어요.

이 산도 아닌가 봐!

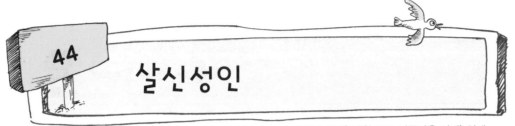

44

살신성인

6학년 도덕(7단원 크고 아름다운 사랑) 연계

殺 身 成 仁
죽일 살　　몸 신　　이룰 성　　어질 인

무슨 뜻일까?

'자신의 몸을 죽여 인(仁)을 이룬다.'는 뜻이야.

자신의 몸을 희생하여 옳은 일을 행하는 것을 가리키는 말이지.

"119 구조대원들은 살신성인의 정신으로 화재 현장을 진압하고
많은 사람들을 구해 냈어요."

비슷한 말이 있어!

사생취의(捨生取義), 명연의경(命緣義輕)

'칼레의 시민' 조각상 이야기

백년전쟁 때 프랑스의 칼레는 영국의 집중적인 공격을 받았어요.

칼레 시민들은 11개월이나 대항하며 버티다가 항복했어요.

영국의 왕은 처음에 칼레의 시민들을 모두 죽이려고 했어요.

그러다가 마음을 바꾸어 시민 대표 6명만 처형하겠다고 했어요.

그때 칼레에서 최고 부자와 시장, 법률가 등 6명이 나섰어요.

살신성인을 각오한 사람들은 처형 직전에 기적적으로 풀려났어요.

그들에게 감동한 영국의 왕비가 왕을 설득했기 때문이에요.

그 후 로댕이 11년에 걸쳐 '칼레의 시민' 조각상을 완성시켰어요.

45 상전벽해

3-1 사회(3단원 사람들이 모이는 곳) 연계

桑 田 碧 海
뽕나무 **상**   밭 **전**   푸를 **벽**   바다 **해**

무슨 뜻일까?

'뽕나무밭이 푸른 바다가 되었다.'는 뜻이야.

세상이 몰라볼 정도로 아주 심하게 바뀐 것을 비유한 말이지.

"모래땅이었던 여의도는 이제 **상전벽해**의 현장이 되었어요."

비슷한 말이 있어!

능곡지변(陵谷之變), 고안심곡(高岸深谷)

난지도의 변신은 무죄

서울월드컵경기장과 월드컵공원 일대가 예전에 난지도였어요.

난지도는 '난초와 영지(버섯)가 자라는 섬'이라는 뜻이에요.

섬이 아름다워서 신혼 여행지로도 유명했어요.

그런데 1978년에 쓰레기 매립지가 되면서 쓰레기산으로 바뀌었어요.

그 후 1999년에 월드컵경기장 부지가 되면서 다시 탈바꿈했어요.

생태공원은 물론이고, 풍력발전과 쓰레기 메탄가스를 이용한

전기 생산으로 친환경 발전의 상징이 된 거예요.

난지도는 우리나라에서 상전벽해라는 말이 가장 잘 어울리는

곳이에요.

정말 똑같은
곳이야?

새옹지마

塞 翁 之 馬

변방 **새**   늙은이 **옹**   갈 **지**   말 **마**

무슨 뜻일까?

'변방에 사는 노인의 말'이라는 뜻이야.

'세상일은 좋은 일이 나쁜 일이 되기도 하고,

나쁜 일이 좋은 일이 되기도 하므로 미리 예측하기 어렵다.'는 말이지.

"엄마, 운전면허 시험은 다음 달에 다시 보세요.

인생은 새옹지마라고 하잖아요."

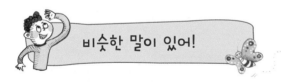

비슷한 말이 있어!

전화위복(轉禍爲福)

홍어 장수가 통역사가 되었대요

문순득은 조선시대에 흑산도에 사는 홍어 장수였어요.

홍어를 팔고 돌아오다가 풍랑을 만나 류큐국(지금의 '일본 오키나와')

에 갔고, 몇 달 뒤에 돌아오다가 다시 풍랑을 만나 여송국(지금의 '필

리핀')까지 갔어요.

문순득은 그곳에서 생활하다가 3년 2개월 만에 조선으로 돌아왔어요.

세상일은 새옹지마라고 하잖아요.

돌아와서 그는 조선 최초의 여송어 통역사가 되었어요.

제주도에 표류해 온 여송국 사람들을 통역해 주는 일을 했지요.

풍랑은 왜 나만
따라 다닐까?

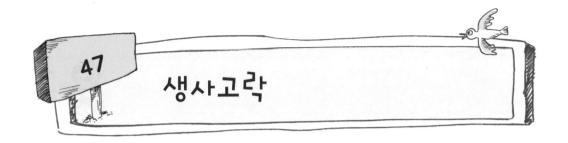

47 생사고락

生 死 苦 樂
날 생　　죽을 사　　쓸 고　　즐길 락(낙)

무슨 뜻일까?

삶과 죽음, 괴로움과 즐거움을 통틀어 이르는 말이야.

일반적으로 오랜 기간 함께 지낸 사이를 가리킬 때 사용해.

"이분은 군대에서 나와 **생사고락**을 같이했던 전우란다."

산악인 엄홍길과 휴먼원정대

엄홍길 대장은 세계 최초로 8000미터가 넘는 산 정상 16개를 등반한 산악인이에요.

2004년 엄홍길 대장은 네 번의 등반에서 자신과 생사고락을 같이했던 박무택 대원의 사고 소식을 들었어요.

얼마 후에는 시신이 있는 곳을 발견했다는 소식이 들려왔지요.

엄홍길 대장은 히말라야 에베레스트 산에 있는 박무택 대원의 시신을 수습하기 위해 휴먼원정대를 조직했어요.

그 후 원정대가 어렵게 시신을 수습했지만 내려올 수는 없었어요.

그래서 그곳에 돌무덤을 만들어 주고, 유품을 안고 귀국했어요.

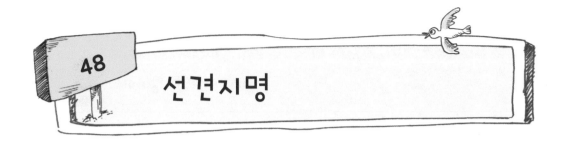

48

선견지명

先 見 之 明

먼저 **선**   볼 **견**   갈 **지**   밝을 **명**

무슨 뜻일까?

'먼저 보는 밝은 눈'이라는 뜻이야.

장래에 닥쳐 올 일을 미리 아는 지혜를 가리키는 말이지.

"선견지명이 있는 사람은 정보를 분석해서 판단하는 것부터

보통 사람들과 다른 것 같아요."

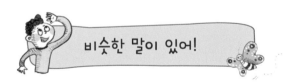

비슷한 말이 있어!

독견지명(獨見之明)

처칠 수상의 선견지명

제1차 세계대전이 끝났을 때 처칠은 이렇게 주장했어요.

"우리 영국의 군사력을 강화하여 독일을 경계해야 합니다."

하지만 이제 막 전쟁이 끝난 상황이다 보니

군사력을 강화시키자는 의견에 반대하는 사람들이 많았어요.

몇 년 뒤에 독일이 폴란드를 침공하자,

사람들은 처칠의 선견지명을 인정할 수밖에 없었어요.

결국 처칠은 영국 수상이 되어 제2차 세계대전의 승리를 이끌었어요.

107

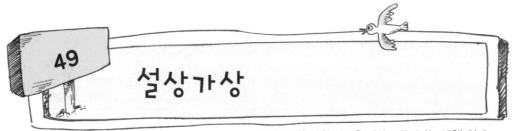

49

설상가상

6학년 도덕(3단원 갈등을 대화로 풀어가는 생활) 연계

雪 上 加 霜
눈 설　　위 상　　더할 가　　서리 상

무슨 뜻일까?

'눈 위에 또 서리가 내린다.'는 뜻이야.

어려운 일이 계속해서 생기는 상황을 비유적으로 표현한 말이지.

비슷한 말로 '엎친 데 덮친 격'이 있고,

반대말로 금상첨화(錦上添花), 점입가경(漸入佳境)을 들 수 있어.

"감기에 걸려 기침이 심한데, **설상가상**으로 배탈까지 났어요.

제발 지각은 봐 주세요."

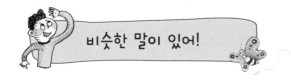

비슷한 말이 있어!

화불단행(禍不單行)

"넌 새 발의 피야!"

"오늘 난 정말 힘든 날이야. 독서 감상문도 써야 하고,

설상가상으로 영어학원 단어시험까지 있거든."

지우가 한숨을 쉬며 말했어요.

"나에 비하면 넌 새 발의 피야. 난 벌 청소 일주일, 반성문 3장,

교내 봉사활동도 3일이나 해야 하거든."

그건 아무것도 아니라는 표정으로 현수가 말했어요.

"네가 아침 봉사도 안 하고, 청소 시간에 도망가서 그런 거잖아."

우리 엄마는
끝까지
몰라야 해.

비밀로 하자,
멍멍!

교내봉사 활동3일

반성문3장

벌 청소 일주일

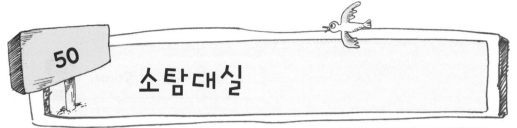

50

소탐대실

3-1 국어(1단원 감동을 나누어요) 연계

小 貪 大 失

작을 소　　탐낼 탐　　클 대　　잃을 실

무슨 뜻일까?

'작은 것을 욕심내다가 오히려 큰 것을 잃는다.'는 뜻이야.

눈앞에 보이는 작은 이득을 욕심내다가 더 큰 것을 잃는다는 말이지.

'빈대 잡으려다 초가삼간 다 태운다.'는 속담과 비슷해.

"공짜라고 아이스크림을 많이 먹었더니 배탈이 났어.

이런 게 소탐대실 맞지?"

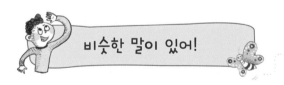
비슷한 말이 있어!

교각살우(矯角殺牛)

판단하기 어려워요

갯벌의 세계문화유산 등재에 반대하는 어민들이 많대요.

어업 금지 구역이 늘어나서 어민의 생활이 어려워지기 때문이래요.

찬성하는 사람들은 소탐대실이라며 이렇게 말해요.

"어업 활동을 못하면 당장은 수입이 줄어들겠지요.

하지만 현재 세계문화유산에 등재된 독일의 바덴 해 갯벌보다

훨씬 많은 생물종이 살고 있는 우리나라 갯벌을 세계에 알린다면,

그에 따른 관광 수입이 생길 것입니다.

그러면 훨씬 더 큰 이득이 될 것입니다."

51

속수무책

3학년 도덕(5단원 내 힘으로 잘해요) 연계

束 手 無 策
묶을 속   손 수   없을 무   꾀 책

무슨 뜻일까?

'손을 묶인 듯이 어찌할 방법이 없어 꼼짝 못하게 된다.'는 뜻이야.

일이 잘못되어 가는 것을 보면서도 어떻게 해야 할지 몰라

대책을 세우지 못하는 것을 가리키는 말이지.

"3반이 연속으로 세 골이나 넣었어요.

우리 반은 속수무책으로 당하고 말았어요."

아편전쟁과 차

과거에 서양 사람들은 중국을 좋은 시장이라고 판단했어요.

그런데 중국의 비단이나 차, 도자기는 서양에서 인기가 높았지만

서양의 물건은 중국에서 인기가 없었어요.

결국 많은 은이 청나라로 들어갔고, 영국 경제는 어려워졌어요.

그러자 영국은 인도에서 아편(마약의 일종)을 들여와 판매했어요.

청나라가 아편 판매를 금지시키자, 영국은 군대를 파견했어요.

청나라 군대가 맞서 싸웠지만 영국 군대에는 속수무책이었어요.

113

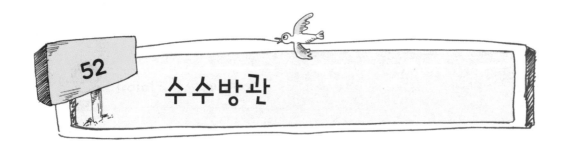

52

수수방관

袖 手 傍 觀

소매 **수**   손 **수**   곁 **방**   볼 **관**

무슨 뜻일까?

'팔짱을 끼고 보고만 있다.'는 뜻이야.

어떤 일을 당하는데 옆에서 보고만 있는 것을 가리키는 말이지.

"청소 시간에 보면 열심히 청소하는 아이들이 있고,

수수방관하는 아이들이 있어요."

비슷한 말이 있어!

오불관언(吾不關焉)

114

정치는 어려운 게 아니야

생활 속의 정치는 어렵지 않아요.

우리 생활에서 보면 고쳐지지 않는 것들이 많아요.

그럴 때 관련 기관의 게시판이나 민원실에 글을 올리면 돼요.

학교 오는 길이 차도와 인도가 분리되지 않아서 위험할 때,

횡단보도가 다 지워져서 잘 보이지 않을 때 의견을 내야 해요.

'누군가 알아서 하겠지.'

모든 사람들이 이런 태도로 수수방관하면 고쳐지지 않아요.

나부터 앞장서서 잘못된 것을 고치겠다는 태도가 필요해요.

53

순망치한

脣 亡 齒 寒

입술 **순**　　망할 **망**　　이 **치**　　찰 **한**

무슨 뜻일까?

'입술이 없으면 이가 시리다.'는 뜻이야.

서로 도우며 떨어질 수 없는 밀접한 관계를 가리키는 말이지.

서로 영향을 주고받는 관계에서는

한쪽이 망하면 다른 쪽도 피해를 입기 쉽다는 것을 뜻해.

"형제는 아무리 많이 다퉈도 떼려야 뗄 수 없는 **순망치한**의 관계지요."

비슷한 말이 있어!

거지양륜(車之兩輪)

우리는 서로 돕고 사는 사이

자연계에는 서로 돕고 사는 '공생 관계'가 있어요.

진딧물은 개미에게 분비물을 주는 대신에 보호를 받아요.

악어와 악어새의 경우도 비슷해요.

악어새는 악어의 이빨에 끼어 있는 찌꺼기를 얻어먹고,

악어는 입속 청소가 되어 이득이에요.

말미잘은 집게를 타고 이동하고, 집게는 말미잘을 이용해 위장을

할 수 있어요.

이런 공생 관계를 순망치한의 관계라고 할 수 있어요.

한쪽이 사라지면 다른 쪽도 피해를 입게 되니까요.

54

시기상조

時 機 尚 早
때 시   틀 기   오히려 상   이를 조

무슨 뜻일까?

'오히려 때가 이르다.'는 뜻이야.

어떤 일을 하기에 아직 적절한 때가 되지 않았다는 말이지.

"반팔 옷은 시기상조야.

아침 저녁으로 아직 춥잖아."

영화 '스타워즈'에 대한 이야기

스타워즈 시리즈는 조지 루카스 감독의 공상 과학 영화예요.

이 영화는 우주를 배경으로 하는 영화들에 많은 영향을 주었어요.

스타워즈 시리즈에는 재미있는 사실이 하나 있어요.

4, 5, 6편이 1, 2, 3편보다 먼저 제작되었다는 거예요.

1, 2, 3편의 레이싱과 전투 장면을 영상으로 만들기에는

당시의 영화 기술이 시기상조였기 때문이래요.

그렇게 만들어졌지만 6편의 작품은 하나의 이야기로 잘 이어졌어요.

시시비비

3-1 국어(5단원 내용을 간추려요) 연계

是 是 非 非
옳을 시   옳을 시   아닐 비   아닐 비

무슨 뜻일까?

'옳은 것은 옳고, 그른 것은 그르다.'는 뜻이야.

매사에 일을 공정하게 판단하고, 잘잘못을 가린다는 말이지.

"교통사고가 나서 시시비비를 가릴 때는 블랙박스가 최고지."

"꾸중은 한 번으로 충분하거든"

사회 시간에 선생님이 삼심제도에 대해 설명해 주셨어요.

"삼심제도는 국민의 기본권을 보장하기 위한 제도예요.

세 번의 재판을 통해 시시비비를 가릴 수 있어요."

다소가 손을 들더니 말했어요.

"우리 학교에도 삼심제도가 있으면 좋겠습니다. 1심은 담임선생님,

2심은 교감 선생님, 3심은 교장 선생님이 재판을 하는 거예요."

그러자 현수가 한숨을 쉬며 말했어요.

"저는 그 의견에 절대로 반대합니다.

한 번 들을 꾸중을 세 번이나 듣는다니 생각만 해도 끔찍해요."

너, 꾸중
안 들어 봤지?

56

시종일관

始 終 一 貫

비로소 시　마칠 종　한 일　꿸 관

무슨 뜻일까?

'처음부터 끝까지 똑같은 자세나 의지를 보이는 것'을 뜻해.

어떤 일을 할 때 처음에 먹었던 마음을 끝까지 바꾸지 않고 마무리하는

태도를 보일 때에도 사용하지.

'초심(初心)을 잃지 않는다.'는 말과 비슷하고,

반대말은 용두사미(龍頭蛇尾)야.

"시종일관 열심히 공부하는 모습만 봐도 단번에 1등을 알아보겠네!"

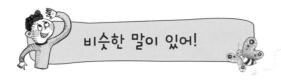

비슷한 말이 있어!

수미일관(首尾一貫)

미키 마우스에서 디즈니랜드까지

미키 마우스를 탄생시킨 사람은 월트 디즈니와 어브 아이웍스예요.

두 사람은 당시에 막 등장한 애니메이션이라는 분야에 뛰어들어

직접 회사를 만들고, 애니메이션을 제작했어요.

파산의 위기도 겪었고, 캐릭터를 다른 사람에게 빼앗기기도 했어요.

하지만 애니메이션에 대한 열정은 시종일관 이어졌고,

'미키 마우스'라는 인기 캐릭터를 만들어 내기에 이르렀어요.

그 후에는 '어린이들의 천국'이라고 불리는 디즈니랜드도 만들었어요.

57

심기일전

3-1 국어(7단원 아는 것을 떠올리며) 연계

心 機 一 轉
마음 심　틀 기　한 일　구를 전

무슨 뜻일까?

'마음의 틀을 바꾼다.'는 뜻이야.

이제까지의 마음 자세를 돌려 새롭게 가다듬는다는 말이지.

"우리 형은 지난 시험에서 32등을 했어.

심기일전해서 20등을 했더니 엄마가 피자를 사 주셨어."

기계 상어와 영화 '죠스'

스티븐 스필버그는 영화 '쥐라기 공원'의 감독이에요.

'트랜스포머 시리즈'를 제작하기도 했어요.

스필버그는 영화 '죠스(Jaws)'가 성공을 거두면서 유명해졌어요.

'죠스'를 촬영하면서 스필버그는 8미터짜리 기계 상어를 만들었어요.

그런데 바다 속에서 자주 고장 나서 촬영을 할 수 없었어요.

스필버그는 심기일전하여 상어 없이 영화를 만들 방법을 고민했어요.

그 결과 상어의 눈을 통해 희생자를 바라보는 장면을 탄생시켰어요.

그렇게 만들어진 '죠스'는 세계적으로 흥행 돌풍을 일으켰답니다.

그래도 상어거든요!

바다에 들어가면 고장 나는 상어라니!

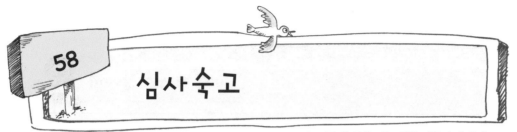

58

심사숙고

3–1 국어(7단원 아는 것을 떠올리며) 연계

深 思 熟 考

깊을 심　생각 사　익을 숙　생각할 고

무슨 뜻일까?

'깊이 생각하는 것'을 뜻해.

신중을 기하여 왜 이렇게 되었는지를 곰곰이 생각한다는 말이야.

"피자랑 치킨을 놓고 선택할 때에는 **심사숙고**해야 해."

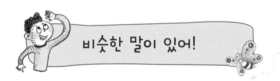

비슷한 말이 있어!

심사숙려(深思熟廬)

곰팡이에서 발견한 페니실린

알렉산더 플레밍은 제1차 세계대전 때 외과의사로 참전했어요.

전쟁터에서는 세균 때문에 상처가 곪아서 죽는 군인들이 많았어요.

그는 전쟁이 끝난 후에도 세균을 죽이는 물질을 찾기 위해 노력했어요.

그러다가 우연히 푸른곰팡이가 떨어진 곳에서 병원성 균이 죽은 것을

발견했어요.

플레밍은 실험과 연구를 계속 이어 나가면서 심사숙고했어요.

결국 곰팡이가 생산하는 물질이 균을 죽인다는 것을 알게 되었어요.

플레밍은 '페니실린'이라는 항생제를 만들었고,

그 후 노벨 의학상을 받았어요.

59 십시일반

3학년 도덕(4단원 생명을 존중하는 우리) 연계

十 匙 一 飯
열 **십**　숟가락 **시**　한 **일**　밥 **반**

무슨 뜻일까?

'열 사람이 한 숟가락씩 나누어 주면 한 사람 먹을 양이 된다.'는 뜻이야.

여러 사람이 조금씩 힘을 모으면 한 사람을 돕기는 쉽다는 말이지.

'백지장도 맞들면 낫다.'는 말과 비슷해.

"우리가 싸 온 과자를 십시일반해서 하나씩 주는 게 어떨까?"

"십시일반의 마음을 실천해야지"

"큰일 났어. 쌀과 고기를 가져오기로 한 아이가 아파서 못 왔어."

"다른 조에 나눠 달라지 뭐. 그게 바로 십시일반이라는 거지."

현수는 소희네 조로 갔어요.

"너희 조, 고기가 많아 보이는데!

남기면 버려야 하니까, 우리 조가 조금 먹어 줄게."

"얻으러 온 사람이 너무 당당한 거 아냐?"

소희가 눈을 흘기며 말했어요.

"국어 시간에 배운 십시일반의 마음을 실천하려는 것뿐이야."

129

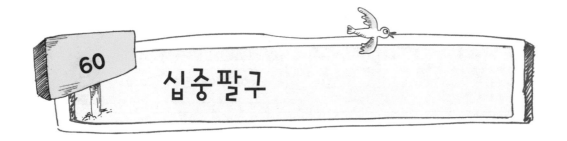

십중팔구

十 中 八 九
열 십 가운데 중 여덟 팔 아홉 구

무슨 뜻일까?

'열 가운데 여덟이나 아홉'이라는 뜻이야.

수학적으로 표현하면, 그 일이 일어날 확률이 80~90퍼센트라는 말이지.

"먹구름이 몰려오는 걸 보니 오늘 십중팔구 비가 오겠네!"

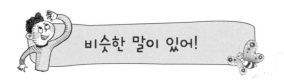

비슷한 말이 있어!

십상팔구(十常八九)

'살아 있는 화석'의 발견

1938년 코트니–래티머는 남아프리카공화국 이스트런던박물관에서

학예사로 일하고 있었어요.

그녀는 박물관에 전시할 특이한 해양 생물을 찾는 일을 했어요.

우연히 항구에 갔던 날, 그녀는 난생처음 보는 물고기를 발견했어요.

그녀는 십중팔구 박물관에 소장할 가치가 있다고 판단했어요.

더 조사해 보니 멸종되었다고 알려져 있는 물고기와 비슷했어요.

그 후에 오늘날 '살아 있는 화석'으로 불리는 실러캔스로 밝혀졌어요.

131

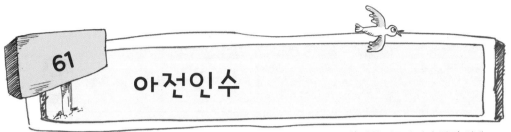

61 아전인수

5-1 국어(1단원 인물의 말과 행동) 연계

我 田 引 水
나아   밭전   끌인   물수

무슨 뜻일까?

'자기 논에만 물을 끌어다 넣는다.'는 뜻이야.

가뭄에 다른 논의 벼가 말라 죽어도 신경 쓰지 않고

내 논에만 물을 넣는다는 말이지.

자기 이익만 생각하고 행동하는 것, 자기에게 이롭도록 억지로 꾸미는

것을 가리킬 때 사용해. 반대말은 역지사지(易地思之)야.

"그 남매는 싸우고 나면 아전인수 격으로 자기변명만 늘어놓았어."

비슷한 말이 있어!

견강부회(牽强附會)

132

왜 말도 안 되는 주장을 할까?

중국은 한족과 많은 소수민족으로 이루어진 나라예요.

그래서 소수민족의 이탈을 방지하기 위해 많은 노력을 해요.

중국 정부는 우리나라와 북한이 통일되면 조선족이 대한민국에

편입을 희망할 수 있다고 생각하고 있어요.

그것을 막으려고 한민족의 고대사를 중국사로 만들려고 한대요.

그래서 발해는 독립국가가 아니라 중국의 지방 세력이었다거나,

고구려는 한국인과 상관없는 나라라고 주장하는 거래요.

이런 아전인수 식의 주장으로 우리 역사를 빼앗으려고 한대요.

고구려하고 너희는
상관이 없단다.

세상에!
광개토대왕이 놀라서
살아오시겠어요!

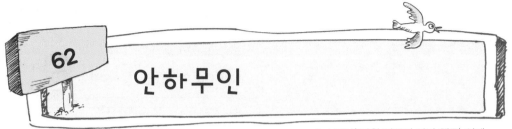

안하무인

5-1 국어(1단원 인물의 말과 행동) 연계

眼　下　無　人
눈 **안**　아래 **하**　없을 **무**　사람 **인**

무슨 뜻일까?

'눈 아래에 사람이 없다.'는 뜻이야.

잘난 체하며 겸손하지 않고 건방져서 다른 사람을 업신여긴다는 말이야.

다른 사람을 무시하는 행동을 가리킬 때 사용해.

"뭘 믿고 그러는지, 저 사람은 안하무인으로 행동할 때가 많아."

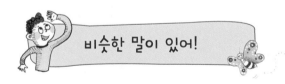

비슷한 말이 있어!

방약무인(傍若無人)

지하철 탈 때 에티켓이 필요해요

지하철을 탈 때에는 몇 가지 지켜야 할 에티켓이 있어요.

먼저 전동차는 승객이 내린 다음에 타야 해요.

스크린도어가 막 닫히려는 순간에 뛰어들어 타는 행동은 위험해요.

출입문에 기대어 서 있는 것도 위험해요.

다리를 꼬거나 쩍 벌리고 앉으면 다른 사람들이 불편해요.

특히 큰 소리로 통화하는 안하무인 격의 행동은 하지 마세요.

어린아이가 뛰어다니게 해서도 안 돼요.

63 애지중지

愛 之 重 之
사랑 애   갈 지   무거울 중   갈 지

무슨 뜻일까?

'어떤 것을 매우 사랑하고 소중히 여긴다.'는 뜻이야.

비슷한 말로 '금이야 옥이야!'가 있어.

물건뿐만 아니라 사람에게도 사용할 수 있어.

"저 도자기는 할아버지가 **애지중지**하는 애장품이야!"

금 모으기 운동의 힘

1997년 우리 정부는 국제통화기금(IMF)에 자금 지원을 요청했어요.

우리나라가 IMF 외환 위기에 처한 거예요.

국민들은 나라가 부도날지 모른다고 걱정했어요.

그래서 금을 조금씩 모아 나라 빚을 갚자는 운동이 일어났어요.

그동안 장롱에 애지중지 보관했던 금반지와 금목걸이가 나왔어요.

전국적인 금 모으기 운동으로 적지 않은 외환이 모아졌어요.

덕분에 우리나라는 세계에서 IMF 경제 위기를 가장 빨리 벗어난

나라가 되었어요.

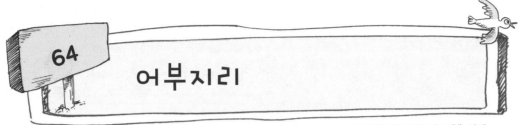

6-1 국어(1단원 비유적 표현) 연계

漁 父 之 利

고기 잡을   지아비 **부**   갈 **지**   이로울
어   리(이)

무슨 뜻일까?

'어부의 이익'이라는 뜻이야.

조개와 황새가 다투는 사이에 어부가 둘 다 잡아갔다는 이야기에서

유래한 말이야.

둘이 다투는 동안 엉뚱하게 제3자가 이익을 얻는 것을 가리키지.

"남은 피자 한 조각을 놓고 동생과 다투고 있는데,

학교에서 돌아온 오빠가 **어부지리**로 들고 가 버렸어."

비슷한 말이 있어!

방휼지쟁(蚌鷸之爭), 견토지쟁(犬兎之爭)

안타까웠던 쇼트트랙 결승전

2014년 소치 동계올림픽에서 있었던 일이에요.

우리나라는 쇼트트랙 여자 500미터에서 16년 동안 메달이 없었어요.

그래서 결승에 진출한 박승희 선수에게 온 국민의 기대가 쏟아졌어요.

그런데 스타트가 빨랐던 박승희 선수에게 안타까운 일이 벌어졌어요.

영국 선수가 끼어들면서 박승희 선수와 다른 선수를 넘어뜨린 거예요.

결국 4등으로 달리던 중국 선수가 어부지리로 금메달을 땄어요.

그럼에도 불구하고 박승희 선수는 다시 일어나 달렸어요.

전 국민이 지켜보는 가운데 박승희 선수는 값진 동메달을 따냈어요.

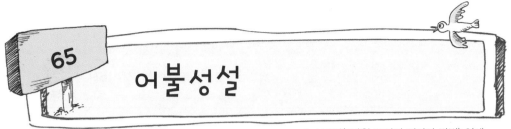

어불성설

5-1 국어(2단원 토의의 절차와 방법) 연계

語 不 成 說
말씀 어 아닐 불 이룰 성 말씀 설

무슨 뜻일까?

'하는 말이 앞뒤가 맞지 않는다.'는 뜻이야.

말도 안 되는 이유를 대며 우기는 친구들한테 사용할 수 있는 말이지.

"영어 단어 100개를 한 번에 외우겠다는 건 **어불성설**이야."

비슷한 말이 있어!

만불성설(萬不成說), 불성설(不成說)

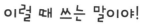

독도는 우리나라 땅이야

동해 바다에 있는 독도는 분명히 대한민국의 땅이에요.

지리적으로도 일본보다 우리나라의 울릉도와 훨씬 가까워요.

역사적으로도 신라 시대의 이사부 장군이 울릉도와 독도를 점령한

후부터 줄곧 우리나라 땅이었어요.

일본이나 서양의 오래된 지도에도 우리나라 땅으로 표시되어 있어요.

조선 시대에 안용복 장군이 일본 어부들과 충돌이 있었을 때에도

일본 정부는 독도가 우리나라 땅이라는 것을 인정했어요.

그런데도 독도가 일본 땅이라고 주장하는 것은 어불성설이에요.

독도가 일본 땅이라고
아직도 우긴대!

우리도 아는데
일본은 왜 그럴까?

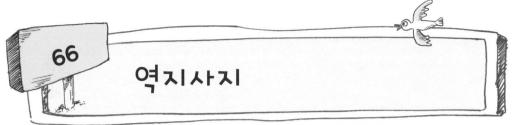

66 역지사지

4-2 국어(9단원 시와 이야기에 담긴 시간) 연계

易 地 思 之

바꿀 **역**　　땅 **지**　　생각 **사**　　갈 **지**

무슨 뜻일까?

'다른 사람의 처지에서 생각하라.'는 뜻이야.

입장 바꿔 생각하라는 말과 같아.

반대말은 아전인수(我田引水)야.

"날마다 싸우는 너희들은 역지사지의 태도가 필요해."

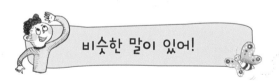

비슷한 말이 있어!

역지개연(易地皆然)

적정기술의 따뜻한 마음

첨단기술이 아프리카나 개발도상국에는 적합하지 않을 때가 있어요.

그런 지역의 환경에 맞게 만들어 낸 기술을 '적정기술'이라고 해요.

이 기술은 많은 돈이 들지 않고, 누구나 배워서 사용할 수 있어요.

한스 헨드릭스는 굴러다니는 물통인 'Q드럼'을 개발했어요.

아프리카 주민들이 양동이를 이고 멀리까지 걸어 다니는 모습을 보고

역지사지의 마음으로 개발하게 되었대요.

그 외에도 못 먹는 물을 식수로 정화시켜 주는 '라이프스트로'가 있고,

전기가 필요 없는 '아프리카식 냉장고' 등이 있어요.

물 긷기가 재밌어요!

143

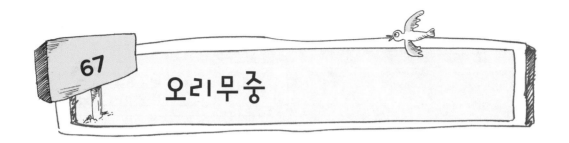

67 오리무중

五 里 霧 中
다섯 **오**　마을 **리(이)**　안개 **무**　가운데 **중**

무슨 뜻일까?

'짙은 안개가 5리(현재 단위로 2킬로미터 정도)나 끼어 있는 가운데
있다.'는 뜻이야.
안개가 낀 상황처럼 일의 갈피나 사람의 행방을 알 수 없다는 말이지.
"경찰에서 두 달 넘게 쫓고 있는 범인은 여전히 오리무중 상태입니다!"

비슷한 말이 있어!

암중모색(暗中摸索)

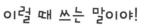

절대 가라앉지 않는다더니!

타이타닉 호는 길이가 269미터, 높이가 20층인 엄청난 크기였어요.

새로운 기술이 결합되어 '절대 가라앉지 않는 배'라고 불렸어요.

하지만 영국에서 미국으로 향하던 첫 항해 중에 빙산과 충돌 사고가

났고, 1513명의 사망자가 나왔어요.

타이타닉 호가 침몰한 원인과 과정은 오랫동안 오리무중이었어요.

2012년에 과학적인 규명을 위해 분석 작업에 들어갔어요.

그 작업은 영화 '타이타닉'을 만든 제임스 카메론 감독과

전문가들이 진행했어요.

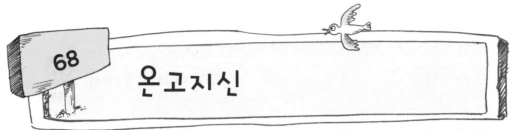

68

온고지신

3-2 사회(2단원 달라지는 생활 모습) 연계

溫 故 知 新
익힐 온　옛 고　알 지　새 신

무슨 뜻일까?

'옛 것에서 배워 새로운 것을 깨닫는다.'는 뜻이야.

요즈음 사용하는 물건들은 하늘에서 뚝 떨어진 것이 아니야.

이전에 사용하던 것들을 발전시켜서 만든 것이지.

이런 것을 가리킬 때 사용하는 말이야.

"이번에 새로 나온 카메라는 온고지신의 정신을 살려 만든 제품입니다."

비슷한 말이 있어!

법고창신(法古創新)

낙서는 낙서일 뿐이야

학교에서 전통문화를 활용한 문화 콘텐츠에 대한 발표가 있었어요.

"한글 무늬로 만든 의상, 전통 타악기를 활용한 난타 공연이 있습니다.

우리의 옛 문화를 살려 새로운 문화로 만들어 내는 온고지신의

정신이 중요하다고 생각합니다."

"우리 반에도 투철한 온고지신의 정신으로 한글 디자인을 하는

친구가 있던데……."

선생님의 말씀에 반 아이들의 웃음보가 터졌어요.

그러나 '굶어'로 변신한 국어책을 조용히 지우는 아이도 있었어요.

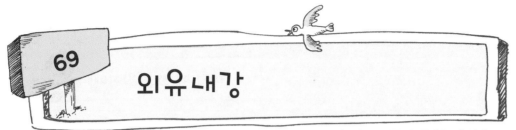

69

외유내강

6학년 도덕(1단원 소중한 나, 참다운 꿈) 연계

外 柔 內 剛

바깥 **외**　부드러울　안 **내**　굳셀 **강**
　　　　　　유

무슨 뜻일까?

'겉으로 보기에는 부드럽지만 속은 굳세고 강하다.'는 뜻이야.

약하고 부드러워 보이는데 강한 의지를 가진 사람을 가리킬 때 사용해.

반대말은 외강내유(外剛內柔)야.

"마음씨도 착하고 **외유내강의 리더십을 발휘하는 최나영을**
우리 반 회장으로 추천합니다."

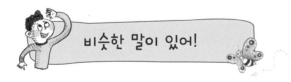

비슷한 말이 있어!

강유겸전(剛柔兼全)

난 포기하지 않아요

옛날 영국의 한 영주는 세금을 많이 거둬서 농민들을 힘들게 했어요.

마음씨 착한 부인은 농민들을 위해 세금을 줄여 달라고 졸랐어요.

영주는 알몸으로 말을 타고 마을을 돌면 그러겠노라고 했어요.

영주는 부인이 당연히 포기할 것이라고 생각했어요.

그런데 다음날 아침에 부인은 마을을 돌 준비를 시작했어요.

마을 사람들은 외유내강의 부인이라고 칭찬하며,

그녀가 알몸으로 도는 동안 쳐다보지 말자고 약속했어요.

결국 그 마음에 감동한 영주는 농민들의 세금을 줄여 주었어요.

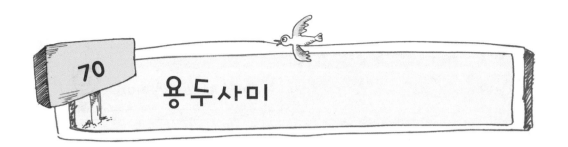

70 용두사미

龍 頭 蛇 尾
용 용　머리 두　긴 뱀 사　꼬리 미

무슨 뜻일까?

'머리는 용이고 꼬리는 뱀'이라는 뜻이야.

시작은 좋았는데 갈수록 나빠지는 상황을 가리킬 때 사용해.

"학예회 준비는 거창했는데 며칠 연습하는 걸 보니

용두사미가 될 것 같아 걱정이야."

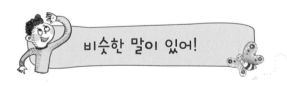

비슷한 말이 있어!

유두무미(有頭無尾)

안타까운 숭례문

2008년에 국보 1호 숭례문이 불에 타는 사건이 벌어졌어요.

정부에서는 고증을 통해 원형대로 복원하겠다고 발표했어요.

최고의 기술자가 참여했고, 전통 기법과 도구를 사용했어요.

하지만 복원 후에 단청(옛날식 건물의 벽과 기둥, 천장 따위에 여러

가지 색으로 그린 그림이나 무늬)이 갈라지기 시작했어요.

결국 복원 사업은 용두사미로 끝나고 말았어요.

다시 공사를 진행하려면 수십억 원이 들어간대요.

가까이 가서
보기가 겁나!

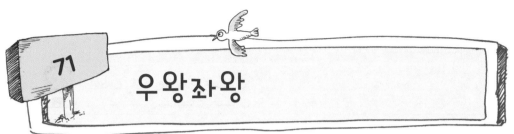

71

우왕좌왕

5학년 도덕(8단원 이웃과 더불어) 연계

右 往 左 往

오른쪽 **우**   갈 **왕**   왼 **좌**   갈 **왕**

무슨 뜻일까?

'오른쪽으로 갔다 왼쪽으로 갔다.'라는 뜻이야.

올바른 방향이나 차분한 행동을 못하고 갈팡질팡하는 모습을

가리킬 때 사용해.

"화재가 일어나면 **우왕좌왕**하지 말고 지시에 잘 따라야 합니다."

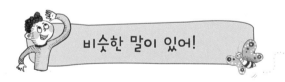

비슷한 말이 있어!

지동지서(之東之西)

수비만 잘해서는 안 돼

체육 시간에 3반이랑 축구 시합을 해요.

"수비할 때 우왕좌왕하면 안 돼.

공만 따라다니면 3반한테 지고 말 거야."

선수들은 누가 누구를 수비할지 세세하게 작전을 짰어요.

호각이 울리고, 드디어 시합이 시작되었어요.

"어휴, 오늘은 수비는 잘 되는데 공격이 우왕좌왕이네.

오늘도 이기기는 힘들겠어."

골키퍼를 하는 민수가 한숨을 쉬며 말했어요.

공을 혼자
몰고 가네.

패스해,
패스!

153

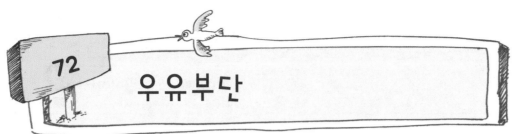

72

우유부단

6학년 도덕(6단원 공정한 생활) 연계

優 柔 不 斷
부드러울   부드러울   아닐 **부**   끊을 **단**
우   유

무슨 뜻일까?

'너무 부드러워 맺고 끊지 못한다.'는 뜻이야.

어떤 일을 할 때 망설이기만 하고 과감히 실행하지 못할 때 사용하지.

"너무 신중하게 행동하면 **우유부단한 사람으로 보이기도 해.**"

비슷한 말이 있어!

수서양단(首鼠兩端)

"세 개니까 세 배 걸리는 거야"

햄버거 가게에서 친구들이 주문을 시작했어요.

"저는 새우 버거요."

"저는 빅버거 세트요."

친구들이 주문을 다할 때까지 현수는 메뉴판을 보고 있었어요.

"햄버거 하나 고르는데 무슨 시간이 그렇게 오래 걸려?

누가 우유부단한 성격 아니랄까 봐……."

"모르는 소리 마. 난 세 개 먹을 거라 고르는 시간도 세 배인 거야."

친구들은 할 말이 없었어요.

10개 안 먹어서
다행이네!

155

73

위풍당당

6학년 도덕(1단원 소중한 나) 연계

威 風 堂 堂

위엄 **위** 바람 **풍** 집 **당** 집 **당**

무슨 뜻일까?

'위엄이 넘치고 거리낌 없이 떳떳하다.'는 뜻이야.

모습이나 크기가 남을 압도할 만큼 의젓하고

엄숙한 태도나 기세를 가리킬 때 쓰는 말이야.

"동물원에서 가장 **위풍당당**한 건 누가 뭐라 해도 호랑이지."

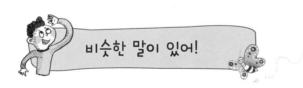

비슷한 말이 있어!

위의당당(威儀堂堂)

156

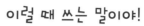

이종무 장군의 쓰시마 섬 정벌

일본 땅인 쓰시마 섬은 원래 신라 땅이었어요.

그런데 점차 일본 사람들이 많이 거주하게 되었어요.

쓰시마 섬은 농사를 짓기 어려워 교역을 통해 식량을 구입했어요.

그런데 교역이 어려워지자 조선의 해안을 침범하기 시작했어요.

해안을 침범해서 약탈하는 일본인들을 왜구라고 불렀어요.

이종무 장군은 세종대왕의 명을 받아 쓰시마 섬을 정벌하고,

위풍당당하게 귀환했어요.

그 뒤에 왜구의 침입이 줄어들었어요.

유구무언

有 口 無 言
있을 **유**　입 **구**　없을 **무**　말씀 **언**

무슨 뜻일까?

'입은 있으나 말이 없다.'는 뜻이야.

잘못한 게 너무 분명해서 변명할 말이 없을 때 사용해.

'입이 열 개라도 할 말이 없다.'는 말과 비슷한 뜻이야.

"허락도 받지 않고 친구 집에 놀러 간 건 잘못했어요.

정말 유구무언이에요."

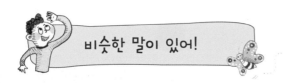

비슷한 말이 있어!

훼장삼척(喙長三尺)

"하는 수 없이 곶감을 먹었어요"

훈장님은 혼자서 곶감을 먹을 때마다 이렇게 말씀하셨어요.

"이 곶감은 아이들이 먹으면 죽는 거란다."

아이들은 훈장님이 외출한 틈에 몰래 곶감을 꺼내 먹고,

훈장님이 아끼시는 벼루를 바닥에 내동댕이쳤어요.

그리고 유구무언이란 듯이 고개를 떨어뜨리고 앉아 있었어요.

"장난을 치다가 스승님의 벼루를 깨뜨렸습니다.

그래서 죽으려고 스승님의 곶감을 다 꺼내 먹었습니다."

기가 막힌 훈장님은 얼굴만 붉으락푸르락했어요.

화를 낼 수도
없고……

죽을 죄를
지었어요.

유비무환

2-1 국어(2단원 경험을 나누어요) 연계

有 備 無 患

있을 유   갖출 비   없을 무   근심 환

무슨 뜻일까?

'준비가 있으면 근심 걱정이 없다.'는 뜻이야.

미리미리 대비하고 있으면 어떤 어려움도 일어나지 않는다는 말이지.

반대말은 사후약방문(死後藥方文)이야.

"벽돌 집을 지은 돼지는 유비무환의 정신이 투철했다고 할 수 있어요."

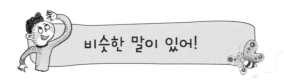

비슷한 말이 있어!

거안사위(居安思危)

160

서울성곽과 유비무환 정신

서울의 옛 이름은 한양이에요.

수도로 정한 뒤에는 한양의 둘레에 성을 쌓기 시작했어요.

11만 명이 동원되어 4대문과 4소문을 연결하는 큰 성이 지어졌어요.

서울성곽은 지금도 삼청동이나 장충동에서 볼 수 있어요.

서울성곽은 세종과 숙종 때에 다시 대대적으로 공사가 이루어졌어요.

돌의 크기나 쌓는 방식에 차이가 나서 그 흔적을 확인할 수 있대요.

성을 쌓은 뒤에도 끊임없이 관리한 모습을 보면 외적의 침입에

대비한 유비무환의 정신을 엿볼 수 있어요.

잘 보존해서 대대손손 남겨야겠어요!

여기서는 쉬 안 할게요.

이구동성

3-1 국어(5단원 내용을 간추려요) 연계

異 口 同 聲

다를 이(리) 입 구   한가지 동   소리 성

무슨 뜻일까?

'입은 다르지만 하는 말은 같다.'는 뜻이야.

여러 사람이 같은 의견이나 같은 입장을 보이는 모습을 가리킬 때 사용해.

"선생님이 '내일 쪽지시험 볼까?'라고 물으셨는데,

우리는 이구동성으로 '아니요!'라고 대답했어."

비슷한 말이 있어!

여출일구(如出一口)

대한 독립 만세를 이끌어 낸 유학생들

1919년 1월 일본의 도쿄에서 조선의 유학생들이 모였어요.

그들은 이구동성으로 조선의 독립을 위한 활동이 필요하다고 했어요.

2월 8일 조선기독교청년회관에서 한국유학생 대회가 열렸어요.

유학생 600여 명이 모였고, 대표 학생이 독립선언서를 낭독했어요.

이 2·8독립선언은 우리나라의 3·1운동에 직접적인 영향을 끼쳤어요.

그래서 온 겨레가 한마음 한뜻으로 일어나서 대한 독립 만세를

외치게 되었던 거예요.

3-2 국어(6단원 감동을 느껴 보아요) 연계

以 實 直 告

써 이　　열매 실　　곧을 직　　고할 고

무슨 뜻일까?

'사실을 그대로 말한다.'는 뜻이야.

영화나 드라마에서 죄인을 심문할 때 많이 나오는 말이지.

"여기가 어디라고 거짓을 고하느냐?

어서 이실직고하지 못할까?"

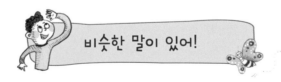

비슷한 말이 있어!

이실고지(以實告之)

"정말로 배가 고팠거든요"

현수랑 강찬이가 진지한 표정으로 선생님 앞에 섰어요.

"선생님, 이실직고할 게 있어요.

어제 너무 배가 고파서 우리 반 텃밭에 있는 상추를 뜯어 먹었어요."

"정말? 어쩐지 상추가 확 줄었다 했더니……."

선생님이 빙긋이 웃어 보이더니 이렇게 말씀하셨어요.

"벌로 내일 우리 반 상추쌈 먹을 때 쓸 쌈장을 가져오는 걸로 하자."

강찬이가 큰 소리로 대답했어요.

"벌이니까 아주 많이 퍼 가지고 올게요, 선생님!"

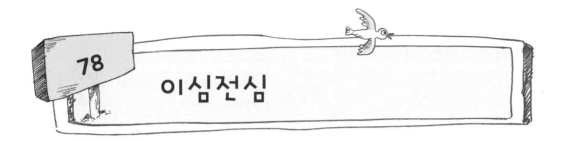

78

이심전심

以 心 傳 心
써 이 　 마음 심 　 전할 전 　 마음 심

무슨 뜻일까?

'마음에서 마음으로 전한다.'는 뜻이야.

굳이 말이나 글로 전하지 않아도 서로 마음이 통한다는 말이지.

'텔레파시가 통한다.'는 말과 비슷해.

"우리는 이심전심으로 통해서 약속도 하지 않았는데

떡볶이 집에서 만났어."

비슷한 말이 있어!

염화미소(拈華微笑)

166

뽀로로는 엄마 아빠도 좋아해

'뽀통령'이라 불리는 뽀로로는 아이들에게 인기 있는 캐릭터예요.

뽀로로의 성공 비결을 묻자, 캐릭터를 만든 제작자는 이렇게 말했어요.

"진짜 부모들이 만든 순한 캐릭터였기 때문이에요.

아이들은 자극적인 장면을 보여 주면 아주 좋아해요.

하지만 엄마는 순하고 여러 번 반복해도 싫증 나지 않는 담백한 것을

보여 주고 싶어 하죠.

엄마 아빠들의 마음이 아이들에게 이심전심으로 통한 거죠."

뽀로로는 미국과 중국을 제외하고, 전 세계에서 방영되고 있대요.

노는 게 제일 좋아~
친구들 모여라~

뽀로로가
모이래!

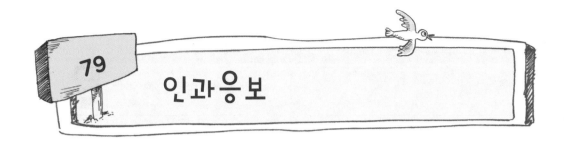

79

인과응보

因 果 應 報

인할 **인**　열매 **과**　응할 **응**　갚을 **보**

무슨 뜻일까?

'좋은 일에는 좋은 결과가, 나쁜 일에는 나쁜 결과가 온다.'는 말이야.

전래동화에서 아주 많이 볼 수 있는 주제야.

《혹부리 영감》,《흥부 놀부》,《콩쥐 팥쥐》의 주제가 바로 **인과응보**야.

"흥부가 부자가 되고, 놀부가 벌을 받은 건 **인과응보**야."

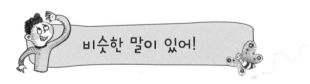

비슷한 말이 있어!

사필귀정(事必歸正)

정직이 최선이야

《금도끼 은도끼》는 인과응보의 대표적인 이야기예요.

한 나무꾼이 실수로 연못에 도끼를 빠뜨렸어요.

산신령이 금도끼를 보여 주며 "이것이 네 도끼냐?"라고 물었어요.

정직한 나무꾼은 "제 도끼는 쇠도끼입니다."라고 대답했어요.

그러자 산신령은 금도끼와 은도끼까지 상으로 주었어요.

그러나 욕심쟁이 나무꾼은 거짓말을 해서 쇠도끼까지 잃고 말지요.

《이솝 우화》에 나오는 〈헤르메스와 나무꾼〉도 내용이 거의 비슷해요.

리투아니아, 프랑스, 캐나다, 중국에도 비슷한 이야기가 있대요.

169

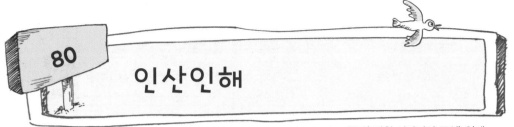

80

인산인해

6-1 국어(7단원 이야기의 구성) 연계

人 山 人 海
사람 인   뫼 산   사람 인   바다 해

무슨 뜻일까?

'사람의 산과 사람의 바다'라는 뜻이야.

헤아릴 수 없이 많은 사람들이 모여 있는 모습을 가리키는 말이지.

"주말에 해수욕장에는 구름 인파가 몰리면서 **인산인해**를 이루었어요."

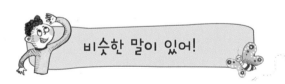

비슷한 말이 있어!

비견계종(比肩繼踵)

전쟁에서 꽃피운 인간애

6·25전쟁 때의 '흥남철수작전'은 전쟁사에서 인간애 넘치는 일로
평가받아요.

통일을 눈앞에 두고 있는 상황에서 갑자기 중공군이 침공했어요.

후퇴를 결정한 국군과 유엔군은 흥남에서 철수 작전을 펼쳤어요.

이때 피난민들까지 흥남부두로 몰려들어 인산인해를 이루었어요.

메러디스 빅토리 호는 원래 탑승 인원이 60명밖에 되지 않았어요.

선장은 군수 물자를 내리고 피난민들을 태우라고 지시했어요.

덕분에 1만 4천여 명의 피난민들이 거제에 도착할 수 있었지요.

사람들 끝이
안 보여요.

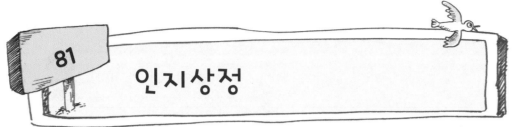

81

인지상정

4-1 국어(1단원 이야기 속으로) 연계

人 之 常 情
사람 **인**　　갈 **지**　　항상 **상**　　뜻 **정**

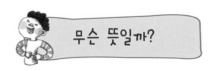

무슨 뜻일까?

'사람이라면 누구나 가지는 보통의 감정이나 생각'을 뜻해.

"슬픈 일을 보면 눈물이 나는 것은 인지상정이지요."

"동생이 누군가와 싸울 때 동생 편을 드는 것은 인지상정이지요."

아이스크림과 인지상정

이모랑 사촌 동생이 우리 집에 놀러 왔어요.

나는 동생에게 아끼는 장난감도 내주었어요.

이모가 흐뭇한 표정으로 말씀하셨어요.

"우리 현수가 아기를 예뻐하는구나."

"작고 귀여운 동생이랑은 놀아 주고 싶은 게 인지상정이죠."

"그럼, 이모가 엄마랑 마트에 좀 다녀와도 되겠니?"

"물론이죠. 그런데 엄마한테 이 말 좀 전해 주세요.

착한 아들에게 아이스크림 사 주는 것도 인지상정이라고요."

173

82

일석이조

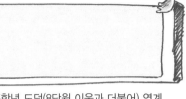

一 石 二 鳥
한일   돌석   두이   새조

무슨 뜻일까?

'돌 하나를 던져서 두 마리의 새를 맞추어 떨어뜨린다.'는 뜻이야.

한 가지 일을 해서 두 가지 이익을 한 번에 얻을 때 쓰는 말이지.

'도랑 치고 가재 잡고'라는 말과 비슷해.

"오늘 청소로 일석이조의 효과를 봤어.

엄마한테 칭찬도 받고, 책상 밑에서 돈도 주웠거든."

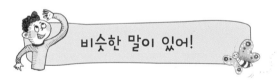

비슷한 말이 있어!

일거양득(一擧兩得)

174

이럴 때 쓰는 말이야!

착한 마케팅과 기부

'코즈 마케팅'은 착한 마케팅이라고 불려요.

기업이 소비자를 기부에 동참시키는 마케팅이거든요.

우리나라의 한 생수 회사는 물 부족 국가의 아이들에게 식수를

제공해 주는 코즈 마케팅을 실시했어요.

생수를 사는 소비자가 원할 때 바코드를 찍으면 소비자와 기업이

각각 100원씩 기부를 하게 되는 캠페인이었어요.

이 활동은 2012년에만 13억 2,500만 원의 기부금을 모았어요.

회사의 생수 판매도 늘어나서 일석이조의 효과를 보았대요.

생수도 마시고,
기부도 하고!

175

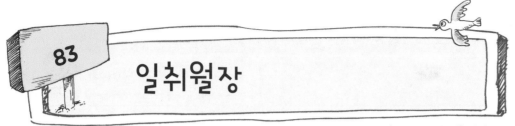

83

일취월장

3-1 도덕(1단원 소중한 나) 연계

日 就 月 將
날 **일**　나아갈 **취**　달 **월**　장수 **장**

무슨 뜻일까?

'학문이나 실력이 날마다 달마다 성장하고 발전한다.'는 뜻이야.

"우리 아들 한자 실력이 일취월장이구나."

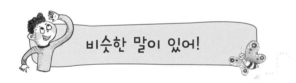

비슷한 말이 있어!

일진월보(日進月步)

바보 온달에서 온달 장군으로

고구려 평원왕의 딸 평강공주는 어려서부터 울보였어요.

왕은 공주가 울음을 터뜨릴 때마다 엄포를 놓았어요.

"너 그렇게 울면 가난하고 바보인 온달에게 시집 보낸다."

어느덧 다 자란 공주는 온달에게 시집가겠다고 고집을 부렸어요.

화가 난 왕은 공주를 궁궐에서 쫓아내고 말았어요.

온달을 찾아간 공주는 학문과 무예를 가르치기 시작했어요.

온달의 실력이 일취월장하자, 공주는 사냥대회에 나가게 했어요.

온달은 뛰어난 실력으로 입상했고, 그 후 전쟁에서 큰 공을 세웠어요.

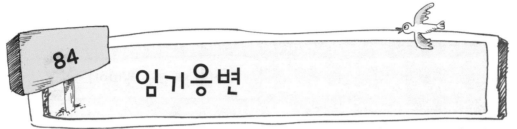

84

임기응변

2-2 국어(7단원 재미있는 말) 연계

臨 機 應 變
임할 임　틀 기　응할 응　변할 **변**

무슨 뜻일까?

'그때그때 처한 형편에 따라 알맞게 일을 처리한다.'는 뜻이야.

갑작스러운 상황에서 순발력이 좋게 행동할 때 사용하는 말이지.

"연극을 하다가 대사를 잃어버렸는데

임기응변을 발휘해서 잘 마무리하고 내려왔어요."

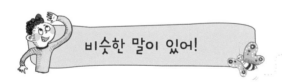

비슷한 말이 있어!

임시변통(臨時變通)

우리는 철갑선을 만든 민족이에요

우리나라는 배를 만드는 조선 기술이 아주 뛰어난 나라예요.

하지만 40여 년 전만 해도 국내에 배를 만드는 조선소가 없었어요.

정주영 회장은 울산 바닷가에 조선소를 세우기로 결심했어요.

그런데 영국 은행에 돈을 빌려 달라고 하자, 안 된다고 했어요.

정주영 회장은 거북선이 그려진 당시의 500원짜리 지폐를 꺼냈어요.

"우리나라는 이미 500년 전에 철갑선을 만들었던 민족입니다."

결국 정주영 회장은 돈을 빌려 왔고, 조선소를 지을 수 있었어요.

임기응변이 지금의 조선 강국을 만드는 기회를 만들었던 거예요.

85

임전무퇴

臨 戰 無 退

임할 **임**   싸움 **전**   없을 **무**   물러날 **퇴**

무슨 뜻일까?

'싸움에 임하면 물러서는 일이 없어야 한다.'는 뜻이야.

신라의 화랑들이 지켜야 했던 세속오계 중의 하나지.

요즘에는 자신이 맡은 일이나 해야 할 일에서 포기하지 말라는 뜻으로

자주 사용해.

"우리 야구팀은 **임전무퇴**의 정신으로 꼭 이기자고 약속했어요."

김유신 장군과 아들 원술랑

김유신 장군에게는 '원술랑'이라는 아들이 있었어요.

삼국이 통일된 후에 신라와 당나라 사이에 전쟁이 일어났어요.

전쟁에 나갔던 원술랑은 패배를 하고 돌아왔어요.

김유신은 전쟁터에서 살아온 아들을 가문의 수치라고 생각했어요.

화랑의 계율인 임전무퇴를 어겼으니까요.

원술랑은 집을 나와 산 속에 숨어 살았어요.

그 후 전쟁에서 큰 공을 세우지만, 아버지는 돌아가신 뒤였어요.

어머니가 살아 계셨지만, 끝내 아들을 용서해 주지 않았어요.

나는 불효자야.

집에서 나왔대.

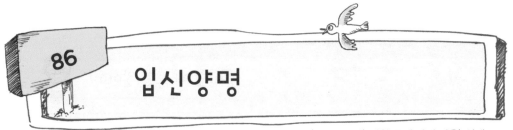

86

입신양명

3-2 국어(6단원 글에 담긴 마음) 연계

立 身 揚 名

설 입(립)　　몸 신　　날릴 양　　이름 명

무슨 뜻일까?

'몸을 세우고 이름을 날린다.'는 뜻이야.

명예나 부, 지위 등을 획득하여 사회적으로 출세하는 것을 가리키지.

"자신의 입신양명을 위해 양심을 저버리는 일을 해서는 안 됩니다!"

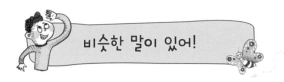

비슷한 말이 있어!

등용문(登龍門), 입신출세(立身出世)

182

조선 시대의 과거 시험

요즈음은 이름을 날릴 수 있는 방법이 많아요.

유명한 요리사가 될 수도 있고, 기발한 게임을 개발할 수도 있고,

웹툰 작가가 될 수도 있어요.

하지만 조선 시대에는 입신양명의 길이 과거 시험밖에 없었어요.

시험에 합격하여 벼슬길에 나아가는 것이 가장 큰 출세였어요.

시험은 3년에 1번씩 치러졌는데, 최종 시험에서 33명을 선발했어요.

경쟁률이 치열하다 보니 '커닝'을 비롯한 부정행위도 많았어요.

시험 보러 갈 때는 '죽죽 미끄러진다'는 말이 있어 죽령 길도

피해 다녔어요.

87 자격지심

3-1 도덕(1단원 소중한 나) 연계

自 激 之 心

스스로 자　격할 격　갈 지　마음 심

무슨 뜻일까?

'자기가 한 일에 대해 스스로 부족하다고 생각하는 마음'을 뜻해.

열등감이란 단어와 비슷한 말이야.

반대말은 자화자찬(自畫自讚)이야.

"난 외모에 자격지심이 있어서 미팅에는 절대 안 나가."

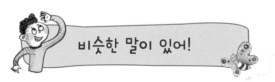

비슷한 말이 있어!

자곡지심(自曲之心)

184

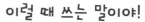

허난설헌의 안타까운 삶

《홍길동전》을 지은 허균에게는 허난설헌이라는 누이가 있었어요.

중국과 일본에까지 알려진 조선 시대를 대표하는 여류 시인이에요.

'신동'이라 불렸던 허난설헌은 행복한 삶을 살지는 못했어요.

그녀는 15세라는 어린 나이에 결혼을 했어요.

그런데 남편은 자신이 못났다는 자격지심으로 부인을 멀리했어요.

게다가 그녀는 전염병으로 아들과 딸까지 잃는 아픔을 겪었어요.

그 후 자신의 형제까지 세상을 떠나자, 삶에 대한 의욕을 잃었어요.

결국 허난설헌은 27세의 젊은 나이에 세상을 떠났어요.

185

88

작심삼일

4학년 도덕(1단원 최선을 다하는 생활) 연계

作 心 三 日

지을 **작**　마음 **심**　석 **삼**　날 **일**

무슨 뜻일까?

'마음먹고 나서 삼일을 못 간다.'는 뜻이야.

뭔가를 해보겠다고 결심하지만 얼마 지나지 않아 포기한다는 말이지.

"하루에 책 한 권씩 읽겠다는 계획은 작심삼일로 끝나 버린 거니?"

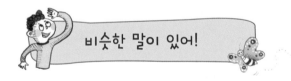

비슷한 말이 있어!

용두사미(龍頭蛇尾)

186

평생을 침팬지와 함께한 제인 구달

제인 구달은 가정 형편이 좋지 않아 대학에 들어가지 못했어요.

그런데 우연히 아프리카의 나이로비 국립박물관에 취직을 했어요.

그곳에서 리키 교수의 조수로 지내면서 침팬지 연구를 시작해서

탄자니아에서 40여 년을 침팬지와 함께 지냈어요.

그리고 침팬지와 인간의 비슷한 점들을 발견해 냈어요.

도구를 사용하고, 돈독한 가족 관계를 이룬다는 것을 알아낸 거예요.

우리는 작은 결심도 작심삼일이 될 때가 많아요.

그런데 그녀는 어려운 상황에서도 침팬지 연구를 포기하지 않았어요.

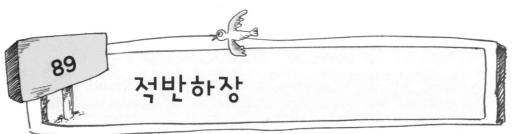

89

적반하장

3-2 국어(3단원 내용을 간추려 보아요) 연계

賊 反 荷 杖

도둑 **적**   돌이킬 **반**   꾸짖을 **하**   지팡이 **장**

무슨 뜻일까?

'도둑이 도리어 몽둥이를 들어 꾸짖는다.'는 뜻이야.

잘못한 사람이 오히려 잘한 사람을 나무라는 경우에 사용하는 말이지.

"적반하장도 유분수지!

물에 빠진 사람을 구해 줬더니 보따리 내놓으라는 격이군."

비슷한 말이 있어!

주객전도(主客顚倒)

말도 안 되는 말이잖아

1866년 프랑스 군대는 천주교 박해를 이유로 강화도를 침략했어요.

그때 왕립도서관인 외규장각에서 많은 서적을 훔쳐 갔어요.

국가의 주요 행사 내용을 정리한 의궤도 297권이나 포함되었어요.

우리나라 정부는 2011년이 되어서야 모든 의궤를 넘겨받았어요.

프랑스는 다른 나라에서 약탈한 문화재를 아주 많이 가지고 있어요.

그것들을 반환하라고 요구하면 적반하장으로 이렇게 말해요.

"주인이 갖고 있었다면 훼손되었을 문화재를 잘 보관하고 있습니다."

문화재를 강탈당한 나라에서는 분통 터질 말이지요.

189

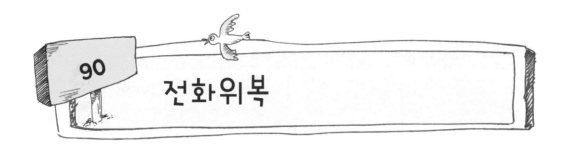

90

전화위복

轉 禍 爲 福
구를 **전**　재앙**화**　될**위**　복**복**

무슨 뜻일까?

'화가 바뀌어 오히려 복이 된다.'는 뜻이야.

좋지 않은 일이 계기가 되어 오히려 좋은 일이 생길 수 있다는 말이지.

"작년의 슬럼프가 오히려 **전화위복**이 되어 올해의 선수까지 되었다고

생각합니다."

비슷한 말이 있어!

새옹지마(塞翁之馬)

위인전에서
읽었어요!

190

링컨 대통령의 실패와 성공

링컨 대통령은 어릴 때 가난해서 학교를 18개월밖에 못 다녔어요.

하지만 책을 좋아한 링컨은 많은 책을 읽어서 지식을 쌓아 나갔어요.

결국 변호사가 되었고, 주 의회 의원에 선출되었어요.

링컨은 1858년에 상원의원 선거에 출마했다가 떨어졌어요.

그때 상대 후보와 벌였던 토론 장면이 강한 인상을 남겼어요.

그 후에 대통령 후보로 지명되고, 대통령까지 되었어요.

상원의원 선거에서 떨어진 것이 전화위복이 된 셈이지요.

링컨은 '국민의, 국민에 의한, 국민을 위한 정치'라는 말을 남겼어요.

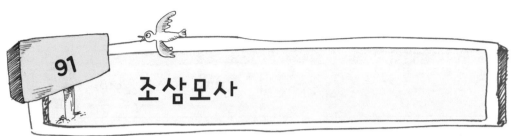

91 조삼모사

6-1 국어(7단원 이야기의 구성) 연계

朝 三 暮 四
아침 조　　석 삼　　해질 무렵　　넉 사
　　　　　　　　　　　모

무슨 뜻일까?

'아침에 세 개, 저녁에 네 개'라는 뜻이야.

잔꾀로 남을 속이는 것을 가리킬 때 쓰는 말이지.

'눈 가리고 아웅한다.'는 말과 비슷해.

눈앞의 이익만 보고 결과가 같은 것을 모르는 어리석음을 뜻하기도 해.

"공짜폰이라고 좋아했더니 요금제를 보니 조삼모사가 따로 없더구나."

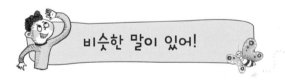

비슷한 말이 있어!

감언이설(甘言利說)

192

그게 그거 아냐?

중국 송나라의 저공이 수십 마리의 원숭이를 키우고 있었어요.

그는 먹이로 주는 도토리의 양을 줄여야겠다고 맘먹었어요.

"내일부터는 도토리를 아침에 세 개, 저녁에 네 개씩 줄 것이다."

그랬더니 원숭이들의 불만이 쏟아졌어요.

"아침에 하나를 적게 먹으면 배가 고파서 안 돼요."

저공은 잠시 고민하다가 이렇게 말했어요.

"그렇다면 아침에 네 개, 저녁에 세 개씩 주도록 하마."

그러자 원숭이들 모두가 좋다고 박수를 쳤어요.

193

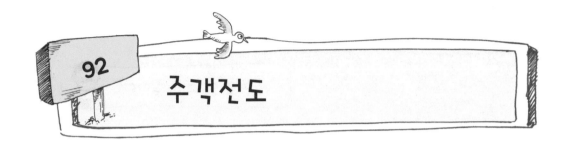

92 주객전도

主 客 顚 倒

주인 **주**　　손 **객**　　뒤집힐 **전**　넘어질 **도**

무슨 뜻일까?

'주인과 손님의 입장이 바뀌어 있다.'는 뜻이야.

서로의 입장이 뒤바뀐 것이나 일의 차례가 뒤바뀐 것을 가리키는 말이지.

"모터쇼에 갔는데 자동차가 아니라 모델 누나들이 주인공 같았어.

주객전도된 느낌이 들었어."

비슷한 말이 있어!

적반하장(賊反荷杖), 본말전도(本末顚倒)

스키보다 치킨이 좋아요

오늘은 컵스카우트 스키 캠프를 마치는 날이에요.

선생님이 말씀하셨어요.

"그동안 아프거나 다친 사람 없이 캠프를 마쳐서 다행이에요.

캠프에서 뭐가 가장 즐거웠나요?"

"저는 둘째 날 밤 간식으로 치킨이 나온 것이 가장 즐거웠습니다."

강찬이가 대답하자, 아이들이 깔깔깔 웃었어요.

"스키를 배운 것보다 치킨 먹은 것이 더 좋았다는 말이네.

주객전도된 대답이긴 해도 솔직해서 좋구나."

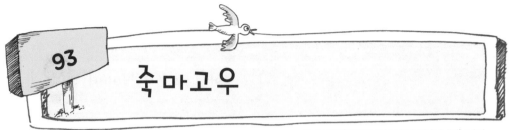

93

죽마고우

5-1 국어(3단원 상황에 알맞은 낱말) 연계

竹 馬 故 友
대나무 죽   말 마   옛 고   벗 우

무슨 뜻일까?

'대나무 말을 타고 함께 놀던 오래된 친구'라는 뜻이야.

유치원이나 초등학교 때부터 절친한 친구를 가리킬 때 사용하는 말이지.

"아빠는 초등학교 동창회에서 죽마고우를 만나셨대요."

비슷한 말이 있어!

죽마지우(竹馬之友)

이럴 때 쓰는 말이야!

아빠 친구는 못 말려요

현수네 가족은 아빠의 고향에 내려갔습니다.

"현수야, 인사하렴. 아빠 초등학교 때 같은 반 친구란다."

"안녕하세요. 아빠랑 아주 오래된 친구시겠네요?"

"30년지기 친구란다. 아빠와 난 죽마고우지."

"아저씨는 우리 아빠 어렸을 때 일을 많이 아시겠네요?"

"그럼! 참외 서리를 한 것도 알고, 몰래 성적표 감춘 일도 알고 있지."

"어허, 왜 이러나 친구! 그런 얘기를 애한테 하면 안 되지."

아빠가 얼른 아저씨를 말렸어요.

거기 서라!

그럴 수 없어요!

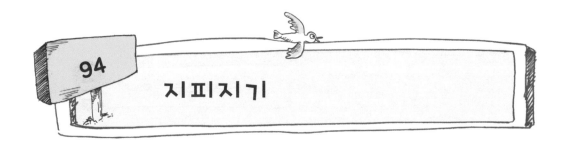

94

지피지기

知 彼 知 己
알지 그피 알지 나기

무슨 뜻일까?

'그를 알고 나를 안다.'는 뜻이야.

《손자병법》의 '지피지기 백전불태(知彼知己 百戰不殆, 적군과 아군의

상황을 알고 승산이 있을 때 싸운다면 백 번을 싸워도 결코 위태롭지

않다.)'라는 말에서 유래되었어.

"지피지기면 백전백승인데,

누가 옆 반에 가서 작전을 엿듣고 올 사람 없니?"

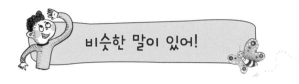

비슷한 말이 있어!

지적지아(知敵知我)

전력분석관이 뭐하는 사람이냐고?

축구 대표팀에는 감독이 있고,

감독을 돕는 코치와 스태프가 있어요.

스태프 중에는 전력분석관이라는 직책을 가진 사람이 있어요.

전력분석관은 우리나라와 상대할 팀의 경기를 분석해서 파악해요.

우리 팀의 경기를 촬영하여 선수들의 장점, 단점을 분석하기도 해요.

지피지기하면 어떤 팀도 이길 수 있다는 마음으로 일하는 직책이죠.

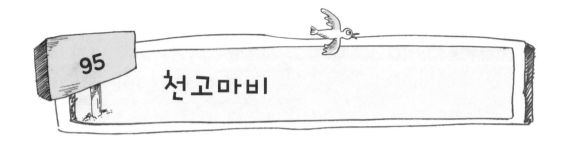

95

천고마비

天 高 馬 肥
하늘 천   높을 고   말 마   살찔 비

무슨 뜻일까?

'하늘은 높고 말은 살찐다.'는 뜻이야.

맑고 풍요로운 가을 날씨를 비유하는 말인데,

가을이 날씨가 좋아서 활동하기 좋은 계절이라는 뜻이기도 해.

"천고마비의 계절이 오면 하늘이 높아지는 만큼 제 식욕도 올라가요.

가을은 다이어트가 힘든 계절이에요."

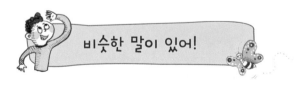

비슷한 말이 있어!

추고마비(秋高馬肥)

가을 하늘은 왜 아름다울까?

소설가 펄 벅은 우리나라의 가을 하늘을 이렇게 칭찬했어요.

"조선의 가을 하늘을 네모 다섯모로 접어 편지에 넣어 보내고 싶다."

애국가에도 '가을 하늘 공활한데 높고 구름 없이'라는 가사가 있어요.

가을 하늘은 천고마비라는 말이 딱 어울리게 높고 깨끗해요.

그렇다면 가을은 왜 다른 계절보다 하늘이 더 파랗게 보일까요?

그것은 여름보다 가을 공기가 건조한 탓이 커요.

수증기가 적어 파장이 짧은 파란빛이 더 잘 산란되기 때문이지요.

네 엉덩이 빨개!

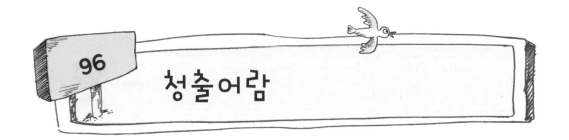

96

青 出 於 藍

푸를 청 날 출 어조사 어 쪽 람

무슨 뜻일까?

'푸른색은 쪽에서 나왔지만 쪽빛보다 더 푸르다.'는 뜻이야.

제자가 스승보다 더 나은 것을 비유할 때 사용하는 말이지.

"청출어람이라더니 너의 바이올린 실력이 선생님보다 낫구나!"

비슷한 말이 있어!

출람지예(出藍之譽), 출람지재(出藍之才)

인품도 훌륭했던 패러데이

마이클 패러데이는 영국의 실험 물리학자예요.

그는 가난한 대장장이의 아들이어서 정규 교육을 받지 못했어요.

그럼에도 불구하고 전기의 다양한 성질과 법칙을 발견해 냈어요.

그가 발명한 전자기 회전 장치는 전기 모터의 근본 형태가 되었고,

이것을 기초로 해서 전기를 실생활에 사용할 수 있게 되었어요.

패러데이의 스승은 당시에 유명한 과학자인 험프리 데이비였어요.

그는 청출어람한 인물이 되었을 때도 스승에 대한 존경심을

잃지 않았대요.

자네도 훌륭한 과학자네.

스승님, 존경합니다!

험프리 데이비

마이클 패러데이

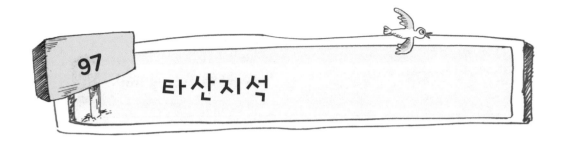

97 타산지석

他 山 之 石
다를 **타**   뫼 산   갈 지   돌 석

무슨 뜻일까?

'다른 산의 돌'이라는 뜻으로, 다른 산의 나쁜 돌이라도 숫돌로 쓰면

자신의 옥을 가는 데 사용할 수 있다는 말이야.

다른 사람의 잘못된 행동과 실패한 모습도 자신의 수양에는

도움이 된다는 뜻으로 사용해.

"작년 학예회에서 망신당한 것을 **타산지석** 삼아 열심히 준비했어요."

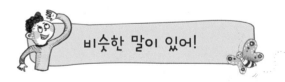

비슷한 말이 있어!

반면교사(反面敎師)

허무하게 무너진 진시황제의 성공

진시황제는 중국 대륙을 최초로 통일시켰고,

서로 다른 문자와 도량형(무게나 길이를 재는 단위)을 통일시켰어요.

수레바퀴 사이의 거리를 통일시켜 다른 지역 간의 교역을 늘렸고,

문화 교류를 활발하게 만들기도 했어요.

그러나 만리장성이나 아방궁 같은 대규모 공사를 일으킨 점과

가혹한 세금을 거둔 점 때문에 백성들의 불만이 쌓여 갔어요.

결국 진나라는 나라가 세워진 지 20년 만에 멸망하고 말았어요.

그 이후 중국을 통일한 한나라는 진나라를 타산지석으로 삼았어요.

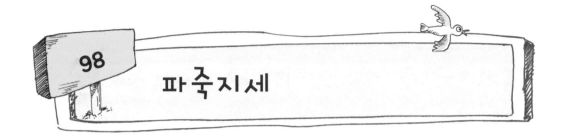

98

파죽지세

破 竹 之 勢

깨뜨릴 **파**   대나무 **죽**   갈 **지**   기세 **세**

무슨 뜻일까?

'대나무를 쪼개는 듯한 기세'라는 뜻이야.

거칠 것 없이 맹렬하고 단호하게 나아가는 모습이나

세력이 강해서 감히 맞설 상대가 없는 것을 비유할 때 사용하는 말이지.

반대말은 지지부진(遲遲不進)이야.

"시험공부를 열심히 해서 수학 시험지를 **파죽지세**로 풀었다."

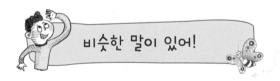

비슷한 말이 있어!

영인이해(迎刃而解), 세여파죽(勢如破竹)

병조림에서 아이디어를 얻은 통조림

나폴레옹의 군대는 전 유럽을 상대로 전쟁을 벌였어요.

그런데도 이동이 굉장히 빨랐는데, 모두 병조림 덕분이었어요.

병조림이란 익힌 고기와 채소를 와인 병에 넣은 것이었어요.

그것은 오랜 시간 보관할 수 있고, 조리할 필요도 없었어요.

병조림이 없었다면 유럽을 파죽지세로 점령할 수 없었을 거예요.

그런데 정작 통조림을 개발한 것은 영국이에요.

무겁다는 병조림의 단점을 보완시켜 통조림을 만들어 낸 거예요.

불 피웠어요?

3분 안에 먹을까요?

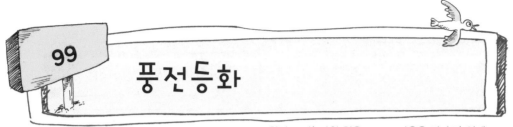

99

풍전등화

4학년 도덕(7단원 힘을 모으고 마음을 하나로) 연계

風 前 燈 火

바람 풍　　앞 전　　등불 등　　불 화

무슨 뜻일까?

'바람 앞의 등불'이라는 뜻이야.

매우 위험하거나 오래 견디지 못할 상황을 비유적으로 가리키는 말이지.

"엄마가 집에 오면 우리가 거울 깬 걸 바로 아실 거야.

풍전등화가 따로 없는 상황이야."

비슷한 말이 있어!

백척간두(百尺竿頭), 누란지위(累卵之危)

208

나라를 지켜 낸 의병의 힘

1592년 일본을 통일한 도요토미 히데요시는 조선을 침략했어요.

당시 조선은 전쟁에 대한 준비가 부족한 상황이었어요.

그에 비해 일본은 잘 훈련된 병사들과 신무기인 '조총'이 있었어요.

결국 조선은 계속해서 패배했고, 풍전등화의 위기에 놓였어요.

이때 나라를 구한 것이 바로 전국 각지에서 일어난 의병이에요.

의병은 나라가 위급할 때 국민들이 스스로 조직한 군인이에요.

자신이 살던 곳에서 활동한 의병들은 그때그때 알맞은 작전을

펼쳐 승리했어요.

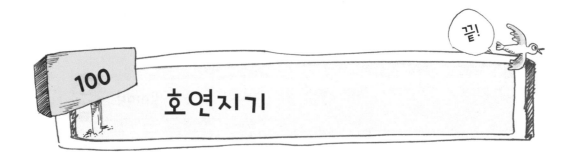

호연지기

浩 然 之 氣
클 호　그러할 연　갈 지　기운 기

무슨 뜻일까?

'하늘과 땅 사이에 가득 찬 넓고 큰 기운'이라는 뜻이야.

사람의 마음에 차 있는 넓고 크고 올바른 마음을 가리키는 말이지.

"이번 수련 활동이 호연지기를 기르는 좋은 기회가 되기를 바랍니다."

비슷한 말이 있어!

정대지기(正大之氣)

삼국 통일에 큰 역할을 한 화랑도

화랑도는 신라가 삼국을 통일할 때 큰 역할을 했어요.

처음에 화랑도는 인재를 선발할 목적으로 만들었어요.

김유신 장군도 화랑 출신이고,

신라 시대의 무열왕과 경문왕도 화랑 출신이에요.

화랑과, 화랑이 이끄는 낭도들은 학문과 무예를 갈고 닦았고,

원광법사가 제시한 세속오계를 철저히 지켰어요.

또한, 노래와 음악을 즐기고 산수를 찾아다니며 호연지기를

쌓았어요.

사군이충,
사친이효,
교우이신!

임전무퇴,
살생유택!

이 고사성어 · 사자성어는
몇 학년 교과서와 연계될까요?

1학년 1학기

과대망상　26

2학년 1학기　　　　　　　상전벽해　100

유비무환　160　　　　　　소탐대실　110

　　　　　　　　　　　　속수무책　112

2학년 2학기　　　　　　　시시비비　120

임기응변　178　　　　　　심기일전　124

　　　　　　　　　　　　심사숙고　126

3학년 1학기　　　　　　　십시일반　128

과유불급　28　　　　　　　이구동성　162

다재다능　46　　　　　　　일취월장　176

부지기수　78　　　　　　　자격지심　184

4학년 2학기

견물생심　16

결초보은　20

난공불락　40

다다익선　44

박장대소　70

역지사지　142

풍전등화　208

3학년 2학기

고진감래　24

분골쇄신　82

온고지신　146

이실직고　164

입신양명　182

적반하장　188

5학년 1학기

개과천선　14

교우이신　32

권선징악　34

노심초사　42

부화뇌동　80

사필귀정　94

산전수전　96

4학년 1학기

경거망동　22

무용지물　68

사리사욕　86

인지상정　172

작심삼일　186

아전인수   132

안하무인   134

어불성설   140

죽마고우   196

5학년 2학기

동고동락   52

우왕좌왕   152

일석이조   174

6학년 1학기

기고만장   38

동병상련   56

동상이몽   58

사면초가   88

설상가상   108

어부지리   138

외유내강   148

위풍당당   156

인산인해   170

조삼모사   192

6학년 2학기

살신성인   98

우유부단   154

**교실에서 알아야 할
기본 고사성어 · 사자성어**

감언이설   12

결자해지   18

교각살우   30

금시초문   36

대기만성   48

대의명분   50

동문서답　54

마이동풍　60

막상막하　62

명실상부　64

무아도취　66

박학다식　72

반신반의　74

백골난망　76

비일비재　84

사상누각　90

사생결단　92

새옹지마　102

생사고락　104

선견지명　106

수수방관　114

순망치한　116

시기상조　118

시종일관　122

십중팔구　130

애지중지　136

오리무중　144

용두사미　150

유구무언　158

이심전심　166

인과응보　168

임전무퇴　180

전화위복　190

주객전도　194

지피지기　198

천고마비　200

청출어람　202

타산지석　204

파죽지세　206

호연지기　210

어휘력 점프 2

이해력이 쑥쑥
교과서 고사성어
사자성어
100

초판 1쇄 발행   2015년 4월 27일
초판 37쇄 발행 2024년 8월 7일

글쓴이 김성준
그린이 이예숙
펴낸이 김옥희
펴낸곳 아주좋은날
기획편집 이미숙
표지 디자인 파피루스
마케팅 양창우, 김혜경

출판등록 2004년 8월 5일 제16 – 3393호
주소 서울시 강남구 테헤란로 201, 501호
전화 (02) 557 – 2031
팩스 (02) 557 – 2032
홈페이지 www.appletreetales.com
블로그 http://blog.naver.com/appletales
페이스북 https://www.facebook.com/appletales
트위터 https://twitter.com/appletales1
인스타그램 @appletreetales
          @애플트리태일즈

ISBN 978 – 89 – 98482 – 42 – 8 (64810)
ISBN 978 – 89 – 98482 – 36 – 7 (세트)

아주좋은날 은 애플트리태일즈의 실용·아동 전문 브랜드입니다.

┌─ 어린이제품 안전특별법에 의한 기타 표시사항 ─┐
품명 : 도서 | 제조 연월 : 2024년 8월 | 제조자명 : 애플트리태일즈 | 제조국 : 대한민국
사용연령 : 8세 이상 | 주소 : 서울시 강남구 테헤란로 201, 5층(02–557–2031)
└────────────────────────────┘